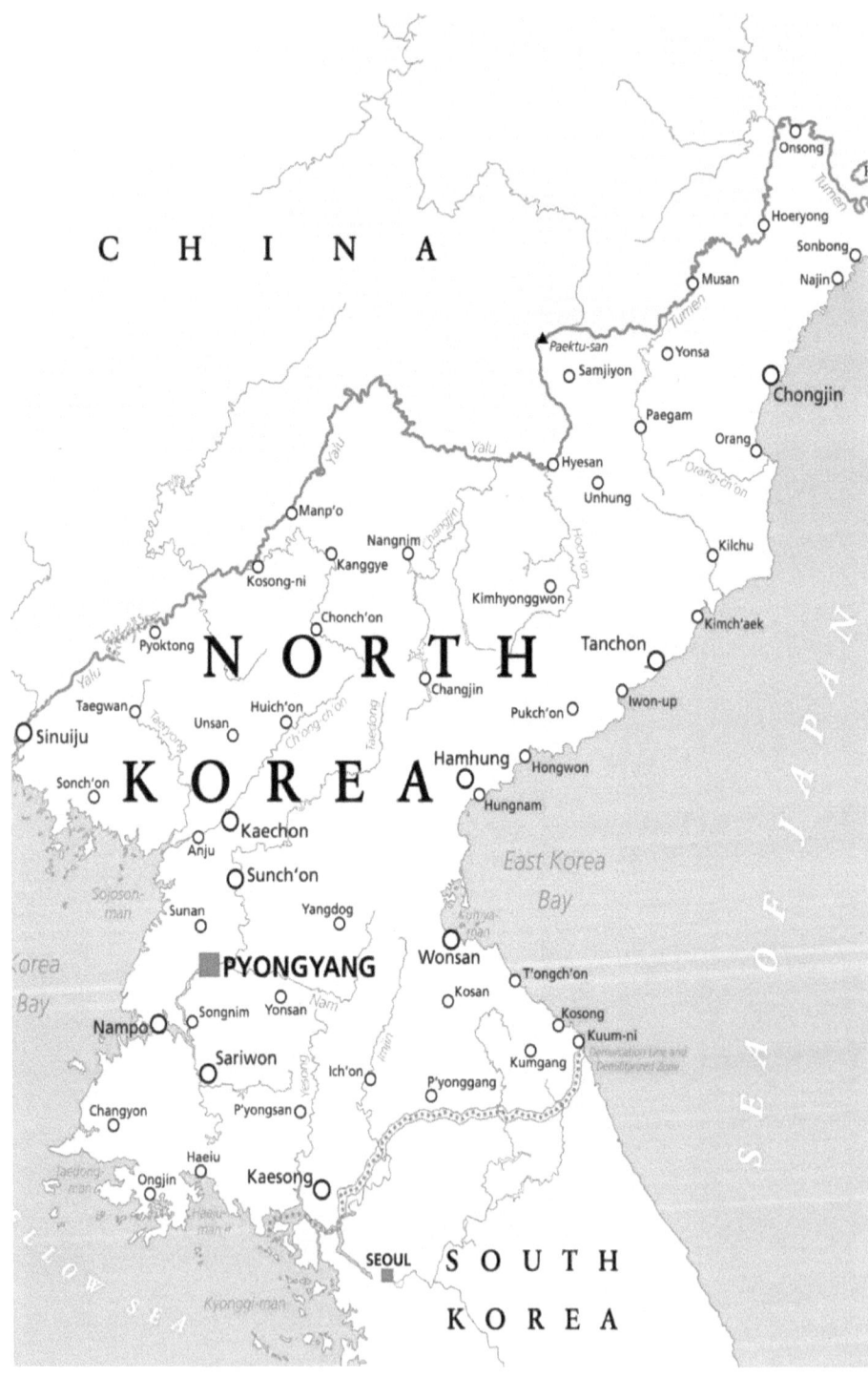

Der Autor

Gerd W. Wähner, Jahrgang 1941, lebt in Berlin. Als Fotograf und Sachbuchautor ist er einem kleineren Interessentenkreis bereits bekannt.

Beruflich brachte er es auf dem zweiten Bildungsweg vom notorischen Schulschwänzer bis zum Doktor der Wirtschaftswissenschaften. Mit der „Abwicklung" seiner Hochschule im Ergebnis der Wende verlor er seinen Beruf als Hochschullehrer.

Er begann sein zweites Berufsleben und versuchte sich darin als Unternehmensberater, wechselte von der „sozialistischen Planwirtschaft" in die „freie Marktwirtschaft". Darüber hat er Interessantes zu berichten.

Seine intensive Reisetätigkeit führte ihn in viele Länder, darunter auch Nordkorea.

Im gleichen Verlag erschien 2021 der 1. Band seines autobiografischen Romans „Ostvorstellung – Matinee".

© 2021 Dr. Gerd W. Wähner

Autor: Gerd W. Wähner
Umschlaggestaltung: Atelier54 Robert Wölz
Verlag: tredition GmbH, Hamburg
ISBN:
978-3-347-22919-8 (Paperback)
978-3-347-22920-4 (e-Book)
Verlag und Druck: tredition GmbH, Halenreie 42, 22359 Hamburg

Bibliografische Information der Deutschen Nationalbibliothek:

Die Deutsche Nationalbibliothek verzeichnet diese Publikation in der Deutschen Nationalbibliografie; detaillierte bibliografische Daten sind im Internet über http://dnb.d-nb.de abrufbar.

Gerd W. Wähner

Die Demokratische Volksrepublik

KOREA

Tagebuch einer skurrilen Reise

„Nur Reisen ist Leben, wie umgekehrt das Leben Reisen ist"

(Jean Paul)

Inhalt

Vorwort

Die „Demokratische Volksrepublik Korea"
朝鮮民主主義人民共和國

„Chosŏn Minjujuŭi Inmin Konghwaguk" lautet die phonetische Übersetzung der obenstehenden koreanischen Schriftzeichen. Wer einen Vorgeschmack auf das Land bekommen möchte, versuche das einmal nachzusprechen. Ein Zungenbrecher, nicht wahr? Besser also, wir verwenden fortan die gängige Bezeichnung „Nordkorea".

Das Land ist geheimnisumwittert. Es erregt die Gemüter und die Phantasie in starkem Maße. Nicht zuletzt deshalb, weil kaum ein anderes Land der Welt so isoliert, so indoktriniert, so autark ist, so hartnäckig und beständig seinen politischen, militärischen und gesellschaftlichen Weg verfolgt.
Dieser Weg Nordkoreas wird genauso lange und hartnäckig vom „Westen" missverstanden. Auf Missverständnis und Unkenntnis gründet sich der Vorwurf, dass die Politik des Landes unberechenbar und die Person des jeweiligen Führers undurchschaubar sei.
In der Tat. Es ist für den Außenstehenden schwer, tiefergehende Kenntnisse über das Land zu erwerben – etwa über seine Geschichte, seine Kultur, den Ursprung seiner Ideologie, die Grundsätze seiner Innen- und Außenpolitik. Auch zeigt sich das Land Fremden gegenüber sehr misstrauisch. Das ist nicht zuletzt in der leidvollen Geschichte Koreas begründet. Nur, Misstrauen erzeugt Misstrauen. Das sitzt tief und belastet das gegenseitige Verhältnis.
Nordkorea verschließt sich gegenüber der Außenwelt. Selten werden Reisegruppen ins Land gelassen, noch seltener Privatpersonen.
Eine Ausnahme wurde 1981 gemacht: Die bundesdeutsche Schriftstellerin Luise Rinser konnte auf Einladung von offizieller Seite Nordkorea bereisen. Noch im gleichen Jahr veröffentlichte sie ihr „Nordkoreanisches Reisetagebuch". Die Autorin zeichnet darin ein sehr sympathisches Bild von Nordkorea, dass man zwar gern glauben

möchte, welches aber zugleich Zweifel weckt. Sie schließt ihr Tagebuch einem Treffen mit Kim Il-sung wie folgt:

„Diese Begegnung hat mich mit Kraft aufgeladen. Ich glaube wieder an die Zukunft der Menschheit. Ich glaube wieder an eine Reform des Sozialismus in Theorie und Praxis (…)
Der Sozialismus Nordkoreas ist der Sozialismus mit dem menschlichen Antlitz, wie ihn Dubcek für die Tschechoslowakei wollte und wie ihn die Sowjets niedergeschlagen haben. Aber Kim Il Sung führt ihn weiter. Seine Ideologie und seine Praxis, das ist die Alternative, der Dritte Weg. Der Westen sollte sich intensiv mit ihm befassen." [1]

Donnerwetter dachte ich, als ich ihr Buch unmittelbar vor meiner eigenen Reise nach Nordkorea las. Im Einzelnen sträubst du dich als Ostdeutscher zwar, zu glauben, was die Westdeutsche da über Politik, Rechtssystem, Strafverfolgung, Sozialwese, Koreakrieg, Personenkult und die Person des „Großen Führers" erzählt, aber wenn sie es so verinnerlicht hat, muss – summa summarum – etwas dran sein! Und - wieviel auch immer davon der Wahrheit entsprechen mag – sie hat es spannend und mit Empathie geschrieben.
Mit ihrem Tagebuch im Gepäck trat ich meine Reise an und schrieb mein eigenes.

---

[1] Luise Rinser: Nordkoreanisches Tagebuch, Fischer Taschenbuchverlag Frankfurt am Main, 1981, S. 141

Der Reiseleiter

Wie kam ein gewöhnlicher Bürger der Deutschen Demokratischen Republik an eine Reise nach Nordkorea? Die DDR war doch ein Land mit stark eingeschränkter Reisefreiheit. Und dann nach Nordkorea, in ein so exotisches Land…

Gut, nach Polen, in die Tschechoslowakei, nach Rumänien oder Bulgarien zu reisen war in den frühen 80er Jahren schon lange kein Problem mehr. Wer nicht individuell reisen wollte, buchte seine Reise in einer der Filialen des Reisebüros der DDR. Auch vielfältige Reisen in die Sowjetunion wurden angeboten. Sehr gefragt waren beispielsweise die ans Schwarze Meer, in den Nordkaukasus oder nach Mittelasien. Selbst die Mongolische Volksrepublik stand im Reiseprogramm. Da gab es auch keine Rang- und Reihenfolge, etwa nach Beruf oder gesellschaftlichen Verdiensten. „First in, First out!" war das Verteilungsprinzip. Wer in Erfahrung gebracht hatte, an welchem Tag der Vorverkauf beginnen würde, und sich sodann an jenem Tage in der langen Warteschlange auch einen der vorderen Plätze hatte sichern können - der bekam seine Chance. Anstehen war für den Bürger des Landes nichts Ungewöhnliches. (Eine Analogie: Auch zum Kauf einer Autobatterie oder anderer Mangelware, wie etwa einer Tiefkühltruhe, begaben sich einige Bewerber schon tief in der Nacht in die Warteposition vor der Verkaufsstelle, die cleveren unter ihnen ausgestattet mit Klapphocker und Thermoskanne.)

Es gab vereinzelt auch Reisen nach Jugoslawien, Kuba, Vietnam oder Nordkorea. Aber da hörte die Gleichberechtigung bei der Verteilung auf. Diese Länder waren der Führung des Landes nicht suspekt. Die bestanden auf ihrem eigenen Weg zum Sozialismus. Überdies bot sich den Reisenden in diese Länder die einmalige Gelegenheit zur Republikflucht. Gründe genug, derartige Reisen nicht wahllos über das Reisebüro zu verkaufen. Die begrenzten Kontingente gingen zur Verteilung an Betriebe und gesellschaftliche Einrichtungen. Wie das ablief, kann an einem konkreten Beispiel illustriert werden:

Ulla W. war leitende Mitarbeiterin eines pharmazeutischen Unternehmens mit Sitz in Berlin (Ost). Sie erinnert sich:

Anlässlich einer Direktionssitzung wurden Art und Anzahl derartiger, ihrem Betrieb für das laufende Jahr zur Verfügung stehender Reisen bekanntgegeben. Die anwesenden Mitarbeiter wurden gebeten, jeweils die in ihrem Verantwortungsbereich an einer Reise interessierten Mitarbeiter zu ermitteln und deren Namen der Kaderabteilung mitzuteilen. Explizite Auswahlkriterien gab es nicht, wie etwa Parteizugehörigkeit oder herausragende gesellschaftliche Aktivitäten. Es gehörte zum Standard, Mitglied eines „Kollektivs der sozialistischen Arbeit" zu sein und irgendwann gab es in einem derartigen Kollektiv auch niemanden mehr, der nicht mindestens einmal mit dem Titel „Aktivist" ausgezeichnet worden war.

Obwohl offensichtlich keine unüberwindbaren Hürden aufgebaut wurden, gab es keinen Run auf diese Reisen: 14 Tage Jugoslawien für mehr als 5000 Mark, das war das Mehrfache eines Monatsgehaltes!

Ulla war das die Sache wert. Sie fasste einen kühnen Plan. Warum die Reise nicht als Hochzeitsreise antreten, zusammen mit Bernd, ihrem Verlobten!? Top, auch Bernd fand das gut, gab aber zu bedenken, dass man sie wohl nicht beide gleichzeitig reisen lassen würde, zumal er in einem anderen Unternehmen (der „Deutschen Reichsbahn") tätig sei. Und, soll er hinzugefügt haben: „Wir sind beide nicht in der Partei." (Gemeint war die SED, die „Sozialistische Einheitspartei Deutschlands".) Versuchen können wir es ja trotzdem, meinte Ulla, und gab ihre gemeinsame Bewerbung, versehen mit einer entsprechenden Begründung, in ihrer Kaderabteilung ab.

Irgendwann wurde sie dorthin zu einer Rücksprache gebeten und gefragt, warum sie und ihr Verlobter ausgerechnet an dieser Reise interessiert seien. Darauf zu antworten fiel ihr nicht schwer.

Abschließend wurde sie gebeten, sich zu gedulden.

Zunächst tat sich nichts für die beiden Kandidaten Erkennbare. Dann beschwerte sich Ullas Mutter eines Abends bei ihrer Tochter heftig darüber, dass die ihr die „Stasi auf den Hals gehetzt habe." „Auch bei den Nachbarn haben die geschnüffelt!", fauchte sie ihre Tochter an und fügte hinzu: „Du blamierst uns ja in der ganzen Nachbarschaft!" Schließlich berichtete sie folgendes: Ein Mitarbeiter der Staatssicherheit habe bei ihr geklingelt, sich ausgewiesen und um einige vertrauliche

Auskünfte gebeten. Wie hätte sie ihm die verwehren können? Dessen besonderes Interesse galt den Familienverhältnissen. Auf „Westverwandtschaft" angesprochen, habe sie unwillig die zahlreiche Verwandtschaft väterlicherseits preisgeben müssen: dreizehn Personen und alle in Nordrhein-Westphalen wohnhaft.
Ulla beruhigte die Mutter, machte sich aber kaum noch Hoffnungen…

Um es abzukürzen: Beide, Ulla und Bernd, erhielten die Reise-erlaubnis und investierten ein Gutteil ihrer Ersparnisse in ihre Hochzeitreise.

Auf ihre Reiseeindrücke angesprochen, erinnert sich Ulla noch heute lebhaft: An die Hauptstadt Belgrad, das zauberhafte Dubrovnik mit dem alten Fort am Hafen und dem Rundgang hoch oben auf der Stadtmauer, an Mostar mit der Stari Most über die Neretwa und der Gasse der Kupferschmiede, an den Nationalpark Plitwitzer Seen, am Nachhaltigsten aber an die Adriaküste und dort an die Bucht von Kotor. „Mein Gott! Unglaublich! Das tiefblaue Meer, die Altstadt und hinter allem die Kulisse der Berge. So etwas hatte ich noch nie gesehen und so intensiv werde ich wohl auch niemals mehr im Leben ein Land und eine Landschaft empfinden."
Und an noch ein Detail erinnerte sie sich: Der 7. Oktober, „Tag der Republik", fiel in die Zeit ihres Aufenthaltes in Jugoslawien. Am festlich begangenen Abend jenes Tages erhob sich einer der Anwesenden am Tisch, weder der Reiseleiter, noch ein bis dahin auffällig gewordener Reiseteilnehmer, und hielt eine kurze Rede. Zu deren Abschluss brachte er einen Toast auf Partei und Regierung der DDR aus. Keiner sah Veranlassung, darauf nicht das Glas zu erheben – aber alle waren erstaunt darüber, dass sich ihre Aufsichtsperson geoutet hatte.

Wie kam Wilfried zu seiner Reise nach Nordkorea? Um das zu erklären, muss er ein wenig ausholen:
W. hatte sich nach einem guten Vorbild im Freundeskreis Mitte der siebziger Jahre beim Reisebüro der DDR um den Job eines „nebenberuflichen Reiseleiters" beworben. (Man leistete sich den Luxus, jede Reisegruppe ins Ausland durch einen Reiseleiter begleiten zu lassen, den die Reise lediglich einen Teil seines Jahresurlaubs

kostete.) Wie sich dort anlässlich eines Vorstellungsgespräches zeigte, wurden seine Ausbildung und seine Sprachkenntnisse in Russisch und Englisch für eine derartige Aufgabe als ausreichend befunden. Viel Spaß, bei wenig Aufwand, sollte ihm dieser Job über die folgenden Jahre bescheren.

Wie lief das ab? Vor Beginn jeder neuen Reisesaison unterbreitete ihm das Berliner Reisebüro zwei oder drei Vorschläge für unterschiedliche Reisen. Er hatte sich für eine oder zwei davon zu entscheiden. Klasse war das, so konnte er sich für den Sommer eine Wanderreise und für den Winter eine Ski-Reise aussuchen! Beides vertrautes Terrain für ihn.

Über die Jahre hatte W. sich hochgedient und das Vertrauen der drei Damen in der Zentrale am Berliner Alexanderplatz erworben, die für die Auswahl der Reiseleiter verantwortlich waren. Er durfte mittlerweile sogar Wünsche äußern, sich zwar nicht gerade auf ein Ziel und eine Zeit versteifen, aber doch zwei oder drei bevorzugte Ziele und Zeiträume nennen.

Nach den ersten Reisen in die polnischen Beskiden oder in die tschechische Niedere und Hohe Tatra, bescherte ihm das RB bald Reisen in die Gebirge Bulgariens und Rumäniens. Dann kamen – er hatte das Damentrio vom Alex offensichtlich nicht enttäuscht – die ersten großen Reisen. Man schickte ihn mit Reisegruppen in den Kaukasus, nach Mittelasien und in die Mongolische Volksrepublik. Diese Reisen waren interessant und abenteuerlich zugleich – jede für sich ein „Tagebuch" wert.

Anfang 1981 erhielt er völlig unerwartet das Angebot zu einer Reise nach Nordkorea. Für W. kam das insofern überraschend, als er bezüglich seiner Voraussetzungen eine deutlich schlechtere Meinung von sich hatte, als jene, die ihm diese Reise anvertrauen wollten. Nicht einmal Geiseln konnte er anbieten, weder Frau noch Kinder, die seine Rückkehr hätten verbürgen können. Glück, Zufall, ein Versehen – oder doch Vertrauen? Egal, er sagte hocherfreut zu. (Offensichtlich hatte auch die zweifellos involvierte Staatssicherheit keine Bedenken geäußert.) Man bestätigte ihm die Reise.

Zum vorgegebenen Termin begab sich der Reiseleiter zum Sitz der Generaldirektion am Alexanderplatz und bat die Damen artig um die

Reiseunterlagen für seine Gruppe, die, soweit er sich erinnern kann, aus zwanzig Personen bestand. Natürlich interessierte ihn, wen er da in der Reisegruppe hatte, zumal er damit rechnen musste. einen „inkognito" Reisenden mit an Bord zu haben. Leider gab die Teilnehmerliste diesbezüglich nicht viel her: Name, Alter, Wohnort. Das war alles. Vor einigen Namen standen die akademischen Grade. Das war kein Zwang. Immerhin, da hatte er wenigstens einen Anknüpfungspunkt, konnte bei der ersten, sich bietenden Gelegenheit unverbindlich nach der Fachrichtung fragen und ein Gespräch beginnen.

Die erste Begegnung mit den Trägern der Namen auf der Liste gab es am Tresen des Reisebüros auf dem Flughafen Schönefeld, etwa zwei Stunden vor Abflug. Von dort aus komplimentierte er die Gruppe zum Check-in-Schalter und schleuste sie anschließend durch die Passkontrolle. Es folgte das „Boarding". Aufatmen des Reiseleiters, wenn alle ihre Sitzplätze eingenommen hatten. Jetzt war er die Bagage erst einmal bis Moskau los, wo ein eintägiger Zwischenstopp vorgesehen war.

Während des Fluges verteilte das Bordpersonal die Formulare für die Zollerklärung: Ein weißes DIN-A5-Formular, in dem, wie bei derartigen Papieren üblich, nach Sprengstoff, Waffen, Munition, Drogen, Geld, Alkohol, Zigaretten, Gastgeschenken etc. gefragt wurde. Die freundlichen Stewardessen wurden nicht müde, jeden Passagier nachdrücklich zu bitten, nicht „nein" oder eine andere Form der Verneinung zu verwenden, sondern „keine" in jene Spalten zuschreiben. Zur Verdeutlichung zeigten sie mit dem Finger auf die entsprechenden Spalten des Formulars und wiederholten unablässig: „Keine, keine, keine, keine, keine, …ansonsten gibt es Ärger beim sowjetischen Zoll!"

Auf dem Flughafen in Moskau-Scheremetjewo angekommen, versammelte sich die Reisegruppe vor der Passkontrolle Der Reiseleiter ging voran und schob dem Grenzbeamten die Teilnehmerliste durch die Luke zu. Auf sein freundliches „Добрый день!" (Guten Tag!), gefolgt von einem „пожалуйста!" (Bitte!) würdigte ihn der Uniformierte nicht einmal eines Blickes.

Die brav in der Reihenfolge der Liste angetretenen Einreisekandidaten durften nunmehr – einer nach dem anderen und unter Einhaltung des durch einen dicken roten Strich gekennzeichneten Abstandes – zum Grenzschützer vortreten und diesem ihren Personalausweis aushändigen. Als erstes traf sie ein misstrauischer Blick des Uniformierten. Danach blickte die Respektsperson mit der unförmigen Tellermütze auf dem Schädel in die unter seiner Nase liegende Liste, sodann auf den danebenliegenden blauen Personalausweis und schließlich dem Einlassbegehrenden noch einmal prüfend ins Gesicht. Man sollte meinen, es reichte nun. Mitnichten! Jetzt begann der Uniformierte in seinem Kabäuschen unter dem Bord, für den Kontrollierten nicht einsehbar, noch emsig zu blättern, mit Papier zu rascheln, irgendetwas zu notieren. Das nahm weitere gefühlte drei Minuten in Anspruch. Dann, endlich, drückte er seinen Stempel auf eine der hinteren Seiten des Ausweises und schob diesen dem Wartenden durch die Lucke zu. Eine knappe Handbewegung bedeutete dem erleichtert Ausatmendem wegzutreten. Bei dieser Prozedur kam beim Reiseleiter jedes Mal jene Freude der besonderen Art auf: Die Freude beim Einreisen ins Freundesland!

Bei der sich anschließenden Zollkontrolle gab es, wie zu befürchten war, Beanstandungen: Einige Reiseteilnehmer hatten, trotz Einweisung in das Procedere an Bord des Flugzeuges, die Zollerklärungen nicht korrekt ausgefüllt. Statt eines eindeutigen „keine", stand bei denen in den betreffenden Spalten „nein" oder anderes Unzulässiges. Unter den kritischen Augen der Zöllner strichen die Schuldbewussten die fehlerhaften Einträge durch und ersetzen sie durch „keine, keine, keine, keine, …"

Weiter ging es zur Empfangshalle, endlich! Dort wartete der für die Gruppe zuständige Partner des sowjetischen Reisebüros „Intourist" bereits ungeduldig. Anhand eines über den Kopf gehaltenen Schildes mit der Reisenummer war er unschwer im Gewühl auszumachen. Der dirigierte die Gruppe sodann zu einem bereits vor der Ankunftshalle parkenden Bus und ab ging die Fahrt in eines der besseren Moskauer Hotels.

Während der Fahrt und an der Rezeption des Hotels konnte der gewiefte Reiseleiter schon den einen oder anderen der ihm Anvertrauten mit seinem Namen ansprechen. Auch hatte er bereits eine vorläufige Zimmeraufteilung parat. Nicht ganz ohne war das: Es gab in allen gebuchten Hotels nur Zweibettzimmer. Kein Problem bei Ehepaaren, mitunter aber schwierig bei Einzelreisenden - einzelnen Einzelreisenden und gemeinsam Einzelreisenden, beiden Geschlechts. Schon im Bus nahmen ihm einige Mutige die Entscheidung ab, äußerten ihre Wünsche, die er wohlwollend entgegennahm.

An der Rezeption des Hotels wurde der Voucher übergeben. Nach einer kleinen Geduldsprobe gab es im Gegenzug einen Berg Zimmerschlüssel. Mit vollen Händen zog sich der Reiseleiter in eine ruhige Ecke des Foyers zurück und ordnete die Zimmer, wie vorbereitet, den Personen seiner Liste zu. Nach bestem Wissen und Gewissen. Gelegentlich wurde er bei dieser verantwortungsvollen Tätigkeit durch Reiseteilnehmer unterbrochen, die rechtzeitig noch einmal ihre speziellen Wünsche in Erinnerung bringen wollten. Von „Selbstverständlich!", über „Ich tue, was ich kann!", bis zum „Das wird schwierig" reichten seine Antworten.

Danach versammelte er die Gruppe ein wenig abseits des Tresens der Rezeption, nannte ihnen die Nummer des Zimmers, verkündete die Zeit für das Abendessen und übergab ihnen die Zimmerschlüssel. Weg mit Schaden...

Leider gab es bei den Reisen über Moskau meist ein zwiespältiges Erlebnis. So auch dieses Mal: Der Besuch des Roten Platzes und der Mumie an der Kremlmauer war Ehrenpflicht. „Alles schon gesehen, schade um die Zeit!", dachte W. jedes Mal, „Aber nicht zu ändern. Vor der Kür die Pflicht!"

So begleitete er am Nachmittag des Ankunftstages seine, davon ebenfalls nicht übermäßig begeisterte Reisegruppe auf den Roten Platz, um sie dort an der im Mausoleum an der Kremlmauer aufgebahrten Mumie des kahlköpfigen Lenins vorbei defilieren zu lassen

Das kleine Häuflein am Teilnehmern - einige hatten sich schon unmittelbar nach Ankunft des Busses abgesetzt - reihte sich in die etwas kürzere Warteschlange für Ausländer vor dem Eingang zum Mausoleum ein. Ihr Reiseleiter entschuldigte sich sodann bei ihnen. Er wies mit der Hand auf den schräg gegenüber liegenden riesigen Kaufhauskomplex des GUM (Staatliches Universal-Magazin) und erklärte, dort zwischenzeitlich das Mitbringsel der Gruppe für den Berliner „Solidaritätsbasar" kaufen zu wollen. Das klang plausibel. (Erfahrene Reiseteilnehmer kannten den Hintergrund: Jede Reisegruppe ins befreundete sozialistische Ausland, wohin auch immer, wurde angehalten, ein landestypisches Souvenir für diesen Basar mitzubringen, der einmal im Jahr auf dem Berliner Alexanderplatz abgehalten wurde. Die wurden dort zum Kauf feilgeboten. Der Erlös ging auf ein Solidaritätskonto, für wen auch immer. Sicher für eine gute Sache…)

W. erklärte, den Betrag verauslagen zu wollen und stellte der Gruppe eine „Matroschka" als Solidaritätsgeschenk in Aussicht. Jenes rundliche, bunt lackierte Püppchen im Püppchen, im Püppchen…Die, begründete er seinen Vorschlag, fanden erfahrungsgemäß immer einen Käufer. Sagte es, verschwand und ward bis zur Abfahrt des Busses nicht mehr gesehen.

Am Morgen des darauffolgenden Tages flog die Reisegruppe nonstop von Moskau nach Pjöngjang.

„Keine Unterwerfung ist so vollkommen wie die, die den Anschein der Freiheit wahrt. Damit läßt sich selbst der Wille gefangen nehmen"

(Jaen-Jacques Rousseau)

Kleine Kritik der Juche (주체사상)

Übersetzen lässt sich der Begriff Juche in etwa mit „Herr über den eigenen Körper". Von diesem Begriff leitete Kim Il-Sung seine Ideologie ab, die in der Aussage gipfelt: „Der Mensch steht im Mittelpunkt!"
Das hört sich doch zunächst schon einmal gut an.
Weiter wird in der Juche-Ideologie (Doktrin) die Selbstständigkeit des Menschen betont, allerdings mit der kleinen Einschränkung, dass der sich nicht als unabhängiges Individuum zu begreifen habe, sondern als Teil der Gemeinschaft. Das kommt dem Bürger aus der DDR bekannt vor. Im „entwickelten Sozialismus" lautet die Forderung ganz ähnlich: „Der Einzelne muss seine persönlichen Interessen mit denen der Gesellschaft in Übereinstimmung bringen!" Gut, aber wenn die Interessen des Einzelnen im Ausnahmefall nicht mit denen der Gesellschaft übereinstimmen? Dann hat dieser Mensch zwei Möglichkeiten:
Die erste: Er gibt sich den Anschein, als ob…Das nennt man Opportunismus.
Die zweite: Er steht zu seinen persönlichen Ansichten und Interessen; besteht ausdrücklich darauf „Herr über den eigenen Körper" zu sein und ist auch nicht übermäßig glücklich darüber, immer im Mittelpunkt stehen zu müssen. Er kann insistieren. Aber dann ist er über kurz oder lang seine Freiheit los. Besser nicht…
Und der Bürger aus meinem Lande wird weitere Gemeinsamkeiten zwischen den Doktrinen finden: Beide bekennen sich zum Marxismus-Leninismus. Aber Nordkorea nimmt für sich in Anspruch, ihn

weiterentwickelt und an nationale Gegebenheiten angepasst zu haben. Das sieht dann so aus:

Es gibt keinen gemeinsamen Weg zum Sozialismus; jede Nation ist ihres Glückes eigener Schmied.

Die Interessen der eigenen Nation stehen über denen der internationalen kommunistischen Bewegung.

Jede Nation ist für sich selbst verantwortlich, muss die Revolution im eigenen Land vollziehen.

Und: Die Juche-Ideologie ist keine endliche, zeitlich begrenzte und nur für Nordkorea gültige Doktrin. Sie ist das strahlende Vorbild für die Welt und gleichzeitig deren Mittelpunkt.

(Da besteht in der DDR offensichtlich noch Nachholbedarf!)

Auch die aus der Ideologie abgeleiteten Prämissen für die Politik des Landes sind anders, im Vergleich zu den unseren. Sie lauten:

1. Politische Souveränität
2. Wirtschaftliche Selbstversorgung
3. Militärische Eigenständigkeit

Das kann man wie folgt interpretieren:

„Politische Souveränität" bedeutet politische Unabhängigkeit von anderen Ländern. Haben wir nicht, haben aber - genau genommen - auch die Nordkoreaner nicht.

„Wirtschaftliche Selbstversorgung" ist eine Not und keine Tugend! Die resultiert aus dem Anspruch auf politischer Souveränität. Was hat sie Nordkorea gebracht? Mangelwirtschaft, Versorgungsengpässe, Hungersnöte.

„Militärische Eigenständigkeit" ist ebenfalls nur eine Nebenbedingung politischer Souveränität. Wer glaubt, auf militärische Hilfe von dritter Seite verzichten zu können und keine Militärbündnisse eingehen zu müssen, ist bei der Landesverteidigung allein auf sich selbst angewiesen. Können wir uns nicht leisten. Und das kleine Nordkorea, noch dazu in einer derart problematischen geopolitischen Lage eigentlich auch nicht.

Nein, diese Ideologie scheint widersprüchlich in sich zu sein und die daraus abgeleiteten Prämissen führen in eine Sackgasse. Aber das Ganze hat bei oberflächlicher Betrachtung seinen Charme: Würde Juche sonst auf eine ganze Reihe von Entwicklungsländern eine solche Anziehungskraft ausüben?

Wie auch immer - der Chefideologe scheint ein großer Mann zu sein. Leider werde ich wohl keine Gelegenheit bekommen, ihn persönlich kennen und schätzen zu lernen. Deshalb erlaube ich mir zur Charakteristik von Kim Il-sung, dem „Großen Führers", eine Anleihe bei Luise Rinser aufnehmen:

„Das ist ein Bauer, eine Vaterfigur mit einer starken und warmen Ausstrahlung, ganz in sich ruhend, heiter und freundlich, ohne Falschheit, mit gelassenen Bewegungen und ruhigem Blick, ganz einfach, ohne jedes Imponiergehabe, witzig und humorvoll auch, wie sich nach einiger Zeit herausstellt. Mir fällt ein, daß Goethe über Napoleon sagte ‚Voilà, un homme.' Das kann man über Kim Il Sung auch sagen: ein Mann, ein Mensch."[2]

Voilà, diesen Ausruf werde ich beachten.

---

[2] Luise Rinser: Nordkoreanisches Reisetagebuch, Fischer Taschenbuch Verlag, 1984, S. 134

Pjöngjang

Tagebucheintrag vom 3.10.1982:
„Hinflug früh am Morgen von Berlin-Schönefeld nach Moskau-Scheremetjewo. Dort Zwischenstopp und anschließend weiter nach Pjöngjang, Hauptstadt Nord-Koreas, genauer der ‚Demokratischen Volksrepublik Korea‘.
Ankunft am Mittag. Begrüßung in der Empfangshalle des Flughafens durch Herrn Zong Hong, meinen koreanischen Partner. ‚Zong‘, erklärt der uns, sei sein Vorname, und ‚Hong‘ der Nachname. Wir könnten ihn gern mit ‚Zong‘ ansprechen.
Anschließend Fahrt mit dem Bus in die etwa zwanzig Kilometer entfernte Hauptstadt. Lautes, anhaltendes Hupen bei jedem Überholvorgang. Schrecklich!
Werden im Hotel ‚Ch’ollima‘[3] abgeladen und beziehen Zimmer im 15. Geschoss, mit Blick auf Eiskunstlaufstadion und Wassersport-Komplex. Dahinter und daneben ist viel Beton zu sehen - vermutlich Regierungsgebäude; weiter entfernt Neubauten; dazwischen viele Grünflächen.
Am Nachmittag, bei warmer Sonne, erster Spaziergang: Unmittelbar hinter den repräsentativen Gebäuden an der Hauptstraße beginnt ein Gewirr kleiner, kurzer, meist ungepflasterter Straßen, an denen grob ausgeführte, überwiegend fünfgeschossige Wohnblöcke stehen. Davor und auf den Straßen: Kinder, Kinder, Kinder…Sie spielen wild und unbändig mit alten schlaffen Bällen, hängen an Klettergerüsten oder lassen mit Bindfaden am Schwanz festgebundene Libellen fliegen. Und alle sind ganz reißend verschmutzt. Sie begrüßen die Fremden weltmännisch mit einem ‚Hello!‘
Die Häuserfassaden sind schmucklos, ohne nationales Kolorit, alles ist einfach und zweckmäßig. (Wen wunderts, der weiß, dass Pjöngjang

---

3 Ch’ollima ist das geflügelte Pferd aus der chinesischen Mythologie, welches am Tag 1000 Ri (etwa 400 km) zurücklegen kann. Es steht für Wiederaufbau nach dem Koreakrieg und Industrialisierung des Landes – ist das koreanische Pendant zum chinesischen „großen Sprung nach vorn.“

während des Koreakrieges von der US Air Force ‚ausradiert' wurde, wie alles, was als lohnenswertes Ziel aus der Luft ausgemacht werden konnte. Tote, Trümmer, Trümmer, Tote…)
Immerhin, beinahe jeden Balkon schmücken Grünpflanzen.
Auf dem Platz zwischen Hotel, Eisstadion und Sportpalast marschieren Formationen von Kindern und Jugendlichen im Gleichschritt. Alle tragen Einheitskleidung; meist in blau und streng geschnitten, aber einige bunte Hemden und Blusen lockern das Bild ein wenig auf.
Sie marschieren allein und, wie es scheint, freiwillig. So etwas wie Freude an der gemeinsamen, exakten Bewegung ist ihnen anzusehen, Genugtuung darüber, Teil eines großen Ganzen zu sein. Der fremde Zuschauer erstarrt zunächst angesichts dieser vermeintlichen Pervertierung kindlicher Freuden, dieser Vergewaltigung kindlicher Individualität. Auf den ersten Blick. Auf den zweiten, genaueren, wird er feststellen, dass sie mit Lust dabei sind, ohne erwachsene Anführer oder Aufpasser an ihrer Seite. Die Indoktrination sitzt tief. Sie haben das Gewollte verinnerlicht, empfinden es als normal und ziehen offensichtlich Nutzen daraus.
Die Fremden werden von den Marschierenden auf ein Kommando hin militärisch gegrüßt und - als diese zur Erwiderung des Grußes den rechten Arm heben und winken - freuen sie sich, wie sich Kinder eben freuen, wenn man sie ernst nimmt."

Eintrag vom 5.10.1982:
„Vormittags Fahrt in den Ostteil der Stadt, vorbei am ‚Großen Theater'. Ziel ist der ‚Moran bong-Park', der größte der Stadt. Vielleicht ist der Größte auch der Schönste: Gepflegter Rasen, Blumenrabatten, eingefasst mit Buchsbaumhecken, sowie stattliche alte Bäume, darunter Lärchen, Fichten und Ahorn.
Auf dem ‚Moran-Hügel' befindet sich eine Aussichtsplattform. Etwas unterhalb dieser poussiert gerade eine Gruppe kindlicher Musikanten vor einem Fotografen. Sie stehen ihm Modell für ein Gruppenfoto. Die Gesichter sind stark geschminkt. Mit ihren kleinen Händchen umklammern sie die Musikinstrumente. Die Körper wirken puppenhaft erstarrt, kommen auf ein Korrekturkommando des Regisseurs für einen

kurzen Augenblick in Bewegung, um sogleich wieder in die Erstarrung zurück zu fallen. Das geht solange, bis dem Fotografen die Unnatürlichkeit perfekt erscheint und er auf den Auslöser drückt.

Während eines Stopps bei der Rückfahrt zum Hotel kann der erste der obligatorischen Programmpunkte abgearbeitet werden: die Besichtigung des Triumpf-Bogens[4] Wahrlich ein Prachtstück! Mit seinen sechzig Metern Höhe überragt er um zehn Meter den ‚Arc de Triomphe‘ in Paris, erklärt Herr Hong, unser koreanischer Reisebegleiter. Das ist rechtens, denke ich, der ‚Große Führer‘ überragt zwar nicht an Körper-, dafür aber an Geistesgröße schließlich jeden Staatsmann in Frankreich und anderswo in der westlichen Welt. Da darf auch sein Triumpf-Bogen etwas höher sein.

Siebzig steinerne Blumen schmücken die Torbögen des unförmigen, steinernen Kolosses. Oben, dicht unter den dreifach herauskragenden Simsplatten, stehen die Jahreszahlen 1925 und 1945. Sie sollen daran erinnern, erklärt Herr Hong, dass Kim Il-Sung im Jahre 1925 das Elternhaus verließ, um die Führung der revolutionären Bewegung gegen die japanischen Unterdrücker zu übernehmen und daran, dass 1945 die Befreiung vom imperialistischen Joch vollendet wurde.

Das muss ein großer Mensch sein, soviel wird selbst dem skeptischen Besucher allmählich klar. Und wer's immer noch nicht glaubt, sollte sich zunächst einmal genauere Kenntnis über die untadelige Herkunft des ‚Großen Führers‘ im eigens zu diesem Zwecke angelegten ‚Revolutionären Zentrum Mangede‘ aneignen. In diesem Zentrum kann der Interessierte dessen Geburtshaus besichtigen. Es ist nur ein bescheidenes, schilfgedecktes Bauernhäuschen mit drei karg ausgestatteten Räumen im Inneren. Hier liegt vermutlich der Ursprung für die sprichwörtliche Bescheidenheit des großen Volkstribuns. (Dessen Eltern, Kim Hyong-jik und Kang Pan-sok, sollen gläubige Protestanten gewesen sein.)

Gegenüber dem Wohnhaus befindet sich ein Wirtschaftsgebäude. Es beherbergt landwirtschaftliche Geräte und Haushaltsgegenstände,

---

[4] Koreanisch: „Kaesŏnmun" (Tor der triumphalen Rückkehr des Großen Führers aus dem Vaterländischen Befreiungskrieg gegen die Japaner)

darunter Pflüge, Sensen, Rechen, Irdene Gefäße, Nudelhölzer und was der Landmann und seine Frau sonst noch so brauchten. (Luise R. zitiert bei der Beschreibung eines Besuches von Mangede ihre kleine koreanische Führerin: ‚Dies ist die Mistgabel, mit der der Vater des großen Präsidenten…' (In dem Wissen, dass auch der Vater schon ein Revolutionär war, könnte man den Satz wie folgt ergänzen: ‚Dies ist die Mistgabel, mit welcher der Vater des großen Präsidenten begonnen hat, den Augiasstall auszumisten, den die Japaner hinterlassen haben.' Herkules lässt grüßen!)

Eltern und Großeltern des berühmten Sprösslings setzten, so wird berichtet, auch nach dessen Sieg und dem der Revolution ihr bäuerliches Leben fort. Könnten die vom Himmel herabschauen, wären sie vermutlich erschrocken über den Rummel auf ihrem kleinen, vormals so ruhigen Fleckchen Erde und möglicher Weise auch nicht übermäßig erfreut über dessen Verwandlung in eine Wallfahrtsstätte."

Eintrag vom 6.10.1982:

„Vormittags Besuch des ‚Museum zur Erinnerung an den vaterländischen Befreiungskrieg': Wenig Originaldokumente, aber wer würde die auch lesen. Umso mehr Anschauliches ist ausgestellt, darunter Kriegsgerät verschiedenster Art und – untergebracht in einer gesonderten Rotunde neben dem Hauptgebäude – das Panorama irgendeiner Schlacht, ganz sicher geführt und gewonnen vom großen KIS.

Nachmittags kommt bei uns nach so viel Geschichtsunterricht und Heldenverehrung endlich Freude auf. Die wird im ‚Park der Attraktionen' vermittelt. Kindergeschrei stimmt die Reisegruppe auf die Hauptattraktion ein - die riesige Achterbahn.

Der Fahrpreis ist bei uns im Reisepreis inbegriffen. Da gibt es kein Halten. Alle sind dabei. Die Fahrt ist wirklich halsbrecherisch; bei jeder Kurve muss man fürchten, der Wagen flöge geradeaus weiter, um dann unsanft ganz tief unten auf der Erde aufzuschlagen. Das Freuden- und Angstgeschrei der Passagiere ist entsprechend groß. Am lautesten kreischt unsere blonde Monika und erwischt prompt eine volle Ladung Wasser, als ihre Gondel, wie alle anderen, zum Ende der Fahrt hin vor dem Ausgang in einem Wasserbecken abrupt abgebremst wird. Ist da etwa jemand schadenfroh?

Und wieder sind jede Menge Kinder unterwegs: Sie marschieren in Einheitskleidung und guter Ordnung singend durch den Park, stehen Schlange vor dem Zugang zu den Karussells und zur Wasserbahn oder sitzen auf dem Rasen. Wenn sie die ausländischen Touristen erblicken, grüßen sie artig. Ein wenig verlegen wirken sie dabei, aber sie haben es wohl geübt. Sehr liebe Gesichter sind darunter…

Am Abend geht es in den Staatszirkus. Gute und mittelmäßige Darbietungen wechseln einander ab. Das einheimische Publikum klatscht euphorisch, tröstet auch jene Artisten durch Beifall, denen mal ein Fehler unterläuft.

Interessant gestaltet sich die Abfahrt: Vor dem Zirkus stehen diverse Staatskarossen; Mercedes, BMW, Volvo, Audi, Lexus – alles was der dekadente Westen dem sozialistischen Osten anzubieten hat. Die Mehrheit der einheimischen Besucher wird auf bereitstehende LKW verfrachtet. Das fällt kaum auf, so schnell und diszipliniert läuft es ab. Unter lautem Gehupe, rücksichtslos auf irgendwelchen ungeschriebenen Vorfahrtsrechten beharrend, kämpfen sich die Funktionärsfahrer den Weg frei, dicht gefolgt von den Reisebussen mit Ausländern.

Zum anschließenden Dinner im Hotel wird, wie wohl üblich, europäische Küche angekündigt, extra für die deutschen Gäste zubereitet. Auf Drängen der Gruppe hin gehe ich in die Küche und interveniere beim Koch. Herr Hong begleitet mich und übersetzt:

‚Ihre eigens für uns zubereiteten europäischen Gerichte sind sicher sehr lecker, aber wir haben gehört, dass auch die traditionelle koreanische Küche äußerst gesund und schmackhaft sein soll. Gönnen Sie uns das Vergnügen, kochen Sie für uns koreanisch!‘

Ein breites Lächeln auf dem runden, pausbäckigem Gesicht unter der gestärkten weißen Haube, eine Verbeugung vor dem höflichen Gast aus Deutschland und ein ‚Danke, sehr gern!‘ kommen als Antwort.

Zong zeigt sein typisches Grinsen. Vielleicht freut er sich darüber, dass sein deutscher Partner so schnell gelernt hat, wie man in Korea Wünsche äußert und auch erfüllt bekommt.

Und prompt werden heute zum Dinner erstmals koreanische Gerichte serviert: scharf gewürztes Rindfleisch in dünnen Scheiben, dazu Bohnenkeime, Sprösslinge von Farnkraut, Spinat, Gemüse in scharfer Kimchi-Soße und dazu - selbstverständlich - Reis. Und genauso selbstverständlich ist es - zumindest an unserem Tisch - dass mit Stäbchen gegessen wird. Als Getränk wird ein schweres und süßes einheimisches Bier serviert. ‚Pjöngjang' steht auf dem Flaschenetikett, also kommt es wohl aus der Hauptstadt.

Zum Abschluss des Essens gibt es - welch glücklicher Zufall - Kirschkompott, serviert in den hübschen blau-weißen Schälchen, Made in China. Ein glücklicher Zufall deshalb, weil ich das folgende, schon einmal anlässlich einer Reise in die Mongolei praktizierte Verfahren an unserem Tisch einführen und verfeinern kann: Den Wettkampf um den schnellsten Verzehr von Kirschkompott mit Stäbchen und Ablage der Kerne auf einem separaten Teller. Das Siel geht wie folgt: Die Kirschen werden mit Stäbchen aus der eigenen Kompottschale geangelt und verzehrt. Seine Kerne spuckt der Mitspieler zwar zuerst auf den eigenen Teller, nimmt sie dann aber eiligst mit seinen Stäbchen wieder auf und legt sie auf den Teller des Nachbarn zu seiner rechten ab; mit Stäbchen, versteht sich.

Wer zuerst mit seinen (vor Spielbeginn abgezählten) Kirschen fertig ist und deren Kerne ordnungsgemäß auf das Tellerchen des Nachbarn befördert hat, ruft ‚Halt!'. Der wird zum Sieger erklärt und erhält zur Belohnung ein Stück koreanisches Riesenkonfekt. Und wer zu diesem Zeitpunkt die meisten Kerne auf seinem Teller zu liegen hat, ist der Verlierer. Auf dessen Rechnung geht die nächste Runde ‚Soju', einem vorzüglichen koreanischen Reisschnaps.

Alle in der Runde signalisieren ihr Einverständnis mit den Spielregeln. Die Kirschen in den Schalen werden gezählt, die Anzahl vereinheitlicht. Sicherheitshalber demonstriere ich das Verfahren vor Spielbeginn noch einmal mit einer Kirsche aus meiner eigenen Schüssel. Deren Kern liegt nun auf dem Teller des Nachbarn rechts von mir. (Dadurch bin ich von Beginn an um einen Kern im Vorteil!)

Los geht's! Kirsche angeln, versehentlich fallen lassen, erneut greifen und zum Munde führen, essen, glitschigen Kern auf den Teller spucken, mit den Stäbchen aufgreifen, auf dem Weg zum Nachbarteller wieder verlieren, erneut mit beiden Stäbchen in die Zange nehmen, auf dem Teller des Nachbarn abwerfen, schnell die nächste Kirsche aus der Schüssel gefingert, und so weiter. Bald kommt das ‚Halt!‘. Danach werden die Kerne auf jedem Teller gezählt. Es folgen lautes Lachen, Klatschen und Schulterklopfen. Beim Soju, werden Trinksprüche auf den Gewinner, auf den Verlierer, auf den ‚Großen Führer‘ und auf das tapfere nordkoreanische Volk ausgebracht.

Neidvoll sehen die Besteck-Muffel von den beiden benachbarten Tischen zu uns herüber. Vielleicht sollte ich mich morgen an einen der beiden anderen Tische setzen…“

Eintrag vom 7.10.1982:
„Vormittags Revolutionsmuseum, nachmittags Seidenstickerei. Erst das Grobe, dann das Feine.
Das Grobe übermannt uns schon auf dem Platz vor dem Eingang zum Museum: Überüberlebensgroß steht dort der ‚Große Führer‘ in Bronze, zwanzig Meter hoch. Seine ausgestreckte Rechte weist dem Volk den Weg in eine lichte Zukunft. Leider darf man das Monument nur frontal fotografieren. Herr Hong diesbezüglich:

‚Bitte nur von vorn knipsen, nicht von hinten. Und auch keine Details…‘

Also besser gleich rein ins Revolutionsmuseum. Dort wird das schon vor dem Denkmal des ‚Großen Führers‘ aufgekommene Gefühl von der eigenen Nichtigkeit noch verstärkt. Die auf Bild- und Schrifttafeln im Museum präsentierten Taten der Heroen können das ohnehin angekratzte Selbstwertgefühl des sensiblen Besuchers weiter empfindlich verletzen.

Aus der Gruppe kommt der Wunsch, es bei dem bisher gesehenen, beispielhaftem bewenden zu lassen und sich nunmehr stärker der Kultur des Landes zuzuwenden.

Da ist der Besuch der Seidenstickerei ein guter Anfang. Wie erwartet empfängt uns auch dort, schon am Eingang, der ‚Große Führer‘, hier passender Weise auf einem Seidenteppich abgebildet. Groß, sehr groß, wirkt er wieder – zumindest im Vergleich zu den beiden winzigen, puppenhaften Mädchen, die er links und rechts an den Händen hält.

Im Inneren werden wir durch einige helle, freundliche Räume geleitet, in denen jeweils sechs bis zehn Frauen an Nähmaschinen sitzen. Nach bunten Vorlagen sticken die allerliebsten Motive auf Tücher und Tischdecken: Grimmige Tiger, zauberhafte Feen, beutegierig in den Lüften kreisende Adler und bukolische Landschaften. Wem es gefällt...

Wem es nicht gefällt, wer sogar meint, das sei Kitsch, der wird im anschließenden Raum wieder versöhnt. Dort bekommt er Handstickerei vom Feinsten zu sehen: Blumen, Blüten, Schmetterlinge, Vögel, so zart und farbenfroh, dass er sich die Augen reibt. Da fände auch der kritische Besucher schon ein passendes Souvenir, wenn die Arbeiten nicht so exorbitant teuer wären. Verständlich: An einer etwas größeren Vorlage arbeitet ein fleißiges Mädchen oft ein ganzes Jahr lang.

Den freien Nachmittag nutzen wir (M., H. und ich) zu einer Fahrt an die Peripherie der Stadt. Einmal mit dem Trolleybus Nr. 1 von Endhaltestelle zu Endhaltestelle. Da bekommt man ein bisschen was vom anderen Pjöngjang geboten: Kleine Häuser mit heller Fassade und Walmdächern, gedeckt mit dunklen Ziegeln. An den Hauswänden hängt Paprika zum Trocknen. Die leuchtend roten Schoten machen sich sehr schön vor den hellen Hauswänden.

Die wenigen Menschen, denen wir begegnen, erweisen sich als sehr scheu. Werden sie angesprochen, wenden sie sich entweder ab oder legen den Zeigefinger quer über ihren Mund. Dieses Verhalten ist wohl weniger in der mangelnden Kenntnis von Fremdsprachen oder in Unhöflichkeit begründet, als vielmehr ein passiver Reflex, eine schon in Vorzeiten verinnerlichte Umgangsform Ausländern gegenüber.

Auch so war dieser 7. Oktober, bei uns zu Hause der ‚Tag der Republik', schon ein sehr ereignisreicher Tag. Und jetzt, am Abend, geht es noch in die Oper. Aber was heißt hier Oper. Es geht in die ‚Große Oper', in das ‚Mangende Kunsttheater der Hauptstadt'.

Dessen Inneres kann selbst den zwischenzeitlich schon einiges gewöhnten auswärtigen Besucher verblüffen. Großer Anspruch –

großer Aufwand – große Wirkung: Dicke Teppiche bedecken den Boden allenthalben. Die Wände sind mit feinstem Marmor verkleidet und mit großformatigen Seitenteppichen behangen. Eine ins obere Geschoss führende Treppe erhebt sich aus einem großen Becken mit Wasserspielen, ohne dass man fürchten müsste, bei deren Benutzung nasse Füße zu bekommen. Kunstvoll mit Schnitzwerk und Intarsien aus Perlmutter versehene Türen führen in den Konzertsaal. Dessen Decke erstrahlt in den Farben des Regenbogens.

Der deutsche Tourist staunt zunächst und lächelt dann vielleicht mokant, der Besucher aus dem Volke dagegen wäre begeistert, könnte er diese Pracht sehen. Wo ist der aber? Wir sehen hier keinen, wir haben auch im ‚Kulturpalast des Volkes' keinen aus dem Volke gesehen. Neben den Funktionären sind die Ausländer hier wie dort anscheinend unter sich.

Auf dem Programm steht ‚The Song oft the Paradise'. Da sind wir natürlich gespannt und werden in unseren Erwartungen auch nicht enttäuscht. Soviel Kitsch, Pomp und Personenkult bekommt man nur einmal im Leben geboten. Die knallig-bunten Bühnenbilder, die märchenhaften Kostüme und die wehenden Spruchbänder muss man gesehen und den pathetischen, gekünstelten Gesang gehört haben!

„Und Jesus sprach zu ihm: Wahrlich ich sage dir: Heute wirst du mit mir im Paradiese sein."

(Lukas 23:43)

Namp'o – Stadt am Chinesischen Meer

Eintrag vom 9.10.1982:

„Heutiges Ziel ist eine Halbinsel im Chinesischen Meer, nahe der Hafenstadt Namp'o, etwa fünfundfünfzig Kilometer nordöstlich von Pjöngjang.

Die Stadt liegt an der Mündung des Toedong-Gang, des Toedong-Flusses, der im Nangnim-Gebirge im Norden des Landes entspringt, die Hauptstadt belebt und bei Namp'o in das Chinesische Meer einmündet.

Den Ausflug könnte man durchaus auch als Flussfahrt gestalten. Mit dem Bus geht es aber schneller: In zügigem Tempo entlang abgeernteter Reisfelder, durch kleine ländliche Ansiedlungen, vorbei an Koreanern in grauer oder blauer Arbeitskleidung, die auf den Feldern und auf den schmalen Straßenrändern arbeiten. Dabei fast immer den Taedong-Fluss in Sichtweite, dessen Wasseroberfläche in der Morgensonne glitzert. Fischerboote sind darauf unterwegs.

Wir passieren Namp'o, eine wenig attraktive Industriestadt. Wenig attraktiv auch deshalb, weil im Koreakrieg arg von US-amerikanischen Bomben zerstört. Interessant ist, dass die Stadt von 1910 bis 1945 zum Japanischen Kaiserreich gehörte, bevor sie nach Kriegsende wieder an Korea ging.

Wenige Kilometer hinter der Stadt biegt der Bus in westliche Richtung ab zur Halbinsel Waudo. Vor einem Hotel, namens Baido, hält der Bus. Wir sind am Ziel. Auf Waudo soll nach dem Stress in der Hauptstadt aktive Erholung stattfinden. Da sind wir sehr gespannt!

Nach der Ankunft und dem Bezug der Zimmer wird zunächst die nähere Umgebung des Hotels erkundet. Von einer Anhöhe aus, gleich hinter dem Hotel, bietet sich ein schöner Blick über das Land und aufs Meer. Und Herr Hong zeigt sich von seiner großzügigen Seite:

‚Jetzt bitte knipsen!'

Nur wenige Minuten vom Hotel entfernt liegt das eigentliche Erholungszentrum, durch eine schmale Landzunge von jenem Teil des

Chinesischen Meeres abgegrenzt, der ‚Gelbes Meer' genannt wird. Kiefern und Akazien säumen das Areal, in dem sich auch ein großes Schwimmbecken mit Sprungturm befindet.

Es herrscht Ebbe. Das Meer hat viel Land freigegeben, auf dem sich Scharen von Krabben tummeln. Fischerboote, am Horizont auch einige größere Schiffe, bilden eine malerische Kulisse. Am entfernten anderen Ende der Bucht erheben sich vierfach gestaffelte Bergketten aus dem glasigen Dunst.

Nach einem Bad in der bräunlichen Brühe des Schwimmbeckens und einem ‚europäischen Essen' im Hotel Baido ist Freizeit angesagt. Ganze vier Stunden lang. Damit kann man doch sicher etwas Sinnvolleres anfangen, als am Beckenrand zu sitzen oder am Strand Krabben zu verschrecken:

Das Trio M., H. und G. macht sich auf den Weg hin zu einem riesigen Damm, der in geringer Entfernung vom eigenen Standort aufragt. Das könnte, so mutmaßen die drei, jener noch im Bau befindliche Westmeerstaudamm sein, von dem sie schon gehört haben.

Am Damm arbeiten hunderte vorwiegend junge Arbeiter. Lastwagen und Menschen bewegen sich auf engstem Raum. Gearbeitet wird mit einfachsten Werkzeugen und Methoden: Jeweils drei Arbeiter bedienen einen Spaten, stechen damit am Fuße des Damms quadratische Lehmstücke aus. Einer der Drei hält den Griff in der Hand, sticht den Spaten kraftvoll in die Erde, drückt ihn mit dem Stiefel tiefer hinein und hebt ihn gefüllt an. Dabei unterstützen ihn seine beiden Gehilfen. Sie reduzieren die Last mittels zweier Schnüre, die am unteren Ende des Stils befestigt sind. Die abgestochenen Stücke werden sodann von einer Kette weiterer Arbeiter auf die Dammkrone befördert.

Und damit die Arbeiter in ihrem Eifer nicht erlahmen, werden sie aus Lautsprechern mit zündender Marschmusik beschallt und durch anfeuernde Reden motiviert!

Angesichts von so viel Lärm, Staub und Enge, sowie derart archaischen Arbeitsbedingungen könnte man meinen, es handle sich bei den Arbeitern um Strafgefangene. Das ist jedoch augenscheinlich nicht der Fall. Fast alle tragen die normale blaue Kluft und – das macht den Unterschied – sind offensichtlich mit Lust bei der Arbeit, lachen, singen, scherzen. Einige gönnen sich am Fuße des Dammes auch mal eine Pause, liegen sinnend davor auf der Erde oder machen ein kurzes Nickerchen. Hier herrscht kein Zwang.

Leider verbietet sich das Fotografieren, im Grundsätzlichen, wie im Besonderen: Grundsätzlich lässt sich kein Koreaner in Arbeitskleidung fotografieren. Und im Besonderen - ein Bauobjekt dieser Größe darf natürlich keinesfalls abgelichtet werden, Staatsgeheimnis! So muss das grandiose Bild des Riesendamms, der darauf kribbelnden Menschen und des endlos weiten Meeres dahinter im Gedächtnis gespeichert werden.

Wir verlassen den Damm an dessen hinterem Ende und erklimmen einen nur wenige hundert Meter entfernten Hügel. Von diesem aus ergibt sich ein vorzüglicher Rundblick. Westwärts auf den Damm, das Meer und einige Salinen. Ostwärts über das weite Land.
Unterhalb des Hügels erblicken wir ein Dorf. Also runter vom Hügel und hin zum Dorf.

An den Wänden der Häuser hängen auch hier Bündel leuchtend roter Paprikaschoten und auf den Dächern liegen welche zum Trocknen. Schmuddelig-süße Kinder laufen uns entgegen. Struppige, dürre Hunde kläffen uns an. In einem Käfig winseln fünf kugelige Welpen, mit dickem weichem Fell. (Das Fleisch von Hunden gilt in Korea als Delikatesse und als potenzsteigerndes Mittel, fällt mir bei deren Anblick ein. Hoffentlich entgehen die drolligen Fünf dieser Verwertung!)

Noch nicht lange dort und schon stellen sich zwei ungerufene Begleiter ein, die uns auf dem kürzesten Weg hinaus aus dem Dorf komplimentieren. Es bestätigt sich erneut: Fremdes ist den Koreanern suspekt, man verbirgt möglichst alles nicht ins offizielle Bild Passende vor neugierigen Blicken, und sich selbst am besten gleich mit. Auf diese Weise hat man schon während vorangegangener Dynastien versucht, habgierige und mordlüsterne Nachbarn fernzuhalten. Die ‚Politik der verschlossenen Türen' hat in Korea eine jahrhundertealte Tradition. Grenznahe Landstriche wurden brach liegen gelassen oder bewusst verödet, um fremden, vorwiegend japanischen Eindringlingen, Lust und Anreiz zu nehmen, von der Küste aus weiter ins Landesinnere vorzudringen. (Irgendwann wurde wohl deshalb der Begriff ‚Einsiedler-Königreich Korea' geprägt.)

Die gewohnte Abschottung nach Außen, ergänzt um eine hochwirksame Indoktrination nach innen hin, machen die Isolation Nordkoreas geradezu perfekt. Nur zum Schaden der Nordkoreaner?

Zurück im Erholungsobjekt, müssen wir eine Standpauke des Herrn Herr Hong über uns ergehen lassen. Der beklagt sich bitterlich darüber, dass im Verlaufe der letzten sechzig Minuten gleich mehrere Sicherheitsbeauftragte bei ihm Beschwerde über ausländische Touristen geführt hätten, die Militärobjekte inspiziert und fotografiert haben sollen, unautorisiert in friedliche Dörfer eingedrungen wären und dort schlafende Hunde geweckt hätten.

‚Das geht gar nicht!', sagt er und fügt mit finsterer Miene hinzu: ‚Das darf sich auf keinen Fall wiederholen!'

Die Delinquenten geloben Besserung.

Eintrag vom 10.10.1982:

„Genosse Hong am Frühstückstisch:

‚Heute begehen wir den 37. Jahrestag der Gründung der ‚Partei der Arbeit', die 1946 aus der ‚Kommunistischen Partei Koreas' und der ‚Neuen Volkspartei Koreas' hervorgegangen ist.' (Kommt mir irgendwie bekannt vor. Das Jahr stimmt, kommunistische Partei stimmt auch, nur ‚neue Volkspartei' müsste durch ‚SPD' ersetzt werden, dann könnten wir auch gleich des Vereinigungsparteitages unserer beiden ‚Volksparteien' im Berliner Admiralspalast gedenken.)

Nach dem Frühstück wird der Tierpark der Hauptstadt besucht, vorrangig wegen der Panda-Bärchen, die dort gefangen gehalten werden. Vor deren Gehege wird der Besucher zunächst mittels eines großen Pappschildes über die wertvollen Hinweise des ‚Großen Führers' in Kenntnis gesetzt, betreffs der Schädlichkeit des Fütterns dieser Tiere durch undisziplinierte Besucher. Sehr vernünftig diese Hinweise, denn wer weiß, was unbedachte Besucher ohne diese Hinweise für Schaden anrichten würden!

Ein paar Schritte weiter, im Schlangenhaus, erfahren wir, wie die kleine braune Giftschlange mit den weißen Ringen um den Leib heißt, die sich in den Flaschen mit dem allseits beliebten koreanischen Schlangenschnaps ringelt: ‚Ancistrodon blomhoffi brevicaudus'. Wohl bekomm's!

Und noch etwas trägt zur Erheiterung der Besucher bei: Ein kleiner, aber sehr gelehriger Papagei, der - auf einen Leckerbissen der Wärterin hin - den Besucher zunächst mit einem freundlichen ‚Anjong!' (Guten Tag!) begrüßt, um so dann eiligst auf Koreanisch hinzu zu fügen: ‚Es lebe der 15. April! Es lebe die Vereinigung des Vaterlandes!' Klugerweise lässt er offen, in welchem Jahr die stattfinden soll.

Am Nachmittag Ausflug nach ‚Dongmyong', der Stätte des Gedenkens an einen großen König.
Wie bisher auf allen Landstraßen, werden auch auf dieser, von Pjöngjang nach Wonsan, den Reisenden auf großen, am Straßenrand aufgestellten Tafeln wertvolle Informationen vermittelt: Der Herr Hong übersetzt einige der Sprüche für uns: ‚Soldaten – nicht nur Verteidiger, sondern auch Erbauer des Vaterlandes!', lautet einer. Auf einer anderen Tafel, nahe einer Gemüse-Anbau-Kolchose, steht: ‚Dreißig Mal war der ‚Große Führer' hier und gab Anweisungen zur Anlage der Felder!' (Anmerkung: Die müssen aber auch ziemlich begriffsstutzig gewesen sein.)

‚Dongmyong von Kogurjo', erfahren wir vor Ort, ist der Name eines Königs aus dem letzten Jahrhundert vor Christus, welcher als heiliger oder himmlischer König den Staat Kogurjo gegründet haben soll, das nördlichste der ursprünglichen drei Königreiche Koreas
Er muss ein großer Krieger gewesen sein. Zumindest deutet sein ursprünglicher Name darauf hin: ‚Dschu mong' lautet der, was so viel wie ‚Bogenschützenmeister' bedeutet.

Leider sind von der einstigen Pracht der königlichen Residenz nur ein paar Tonscherben, rostige Waffenreste und ausgeblichene Knochen übriggeblieben. Das Grab des Königs immerhin, welches mit den wechselnden Herrschaftsverhältnissen mehrfach hin und her gewandert ist, kann in einem Tempel besichtigt werden. Der wurde Ende des neunzehnten Jahrhunderts nach einer Vorlage aus dem fünften Jahrhundert erbaut und ist außen und innen prachtvoll bemalt, wieder mit viel Rot, hierzulande offensichtlich der Lieblingsfarbe.

Zum würdigen Eindruck der Stätte tragen einige Skulpturen aus Stein bei, die aus der Joseon-Dynastie (1392 – 1910) stammen sollen. Der Name der Dynastie in den kunstvollen koreanischen Schriftzeichen: 조선왕조. Die Skulpturen bilden überwiegend Grabwächter und Tiere ab.

Was auch immer von Tempel und Grabstätte echt sein mag und was rekonstruiert, das Ganze wirkt sehr authentisch. Verstärkt wird dieser Eindruck durch die idyllische Lage der Gedenkstätte am Fuße einer Hügelkette und durch die warme Nachmittagssonne, die das Grün der Bäume und das Rot-Weiß des Tempels in weichem Licht erstrahlen lässt. Herr Hong:

‚Jetzt bitte knipsen!'

Wonsan - Stadt am Japanischen Meer

Eintrag vom 11.10.1982:
„Wonsan ist die größte Hafenstadt Nordkoreas am Japanischen Meer und einer der wichtigsten Industriestandorte des Landes (darunter Maschinenbau, Erdöl-, Elektro-, Textil- und Chemieindustrie). Wie Namp'o war sie ehemals in japanischem Besitz, ging 1945 zurück an Korea und wurde – wie jene auch – im Koreakrieg durch amerikanische Bomber ‚ausradiert', wie es in der Sprache der US-Militärs hieß. (Ja, das konnten die gut, sehr gut sogar, das hatten sie erst wenige Jahrzehnte zuvor an deutschen Großstädten üben und hier, in Nordkorea, bis zur Perfektion vervollkommnen können. Und auch an Grausamkeit hatten sie es zwischenzeitlich weitergebracht: An die Stelle von Phosphor im zweiten Weltkrieg war Napalm im Koreakrieg getreten.) Historische Kulturstätten erster Güte durfte man also auch in Wonsan nicht mehr erwarten.

Die Strecke von Pjöngjang nach Wonsan führt zunächst durch hügliges Gelände, später durchs Gebirge. Erstaunlich ist, dass trotz des teilweise recht starken Gefälles an den Berghängen überall Gemüse und Getreide angebaut wird. Viele fleißige Menschen sind dort zugange.

Weiter geht die Fahrt; weiter aufwärts. Einige durch die Fenster des Busses zusehenden Berggipfel sollen bis zu 1400 Meter hoch sein. An den steilen Berghängen stehen Kiefern, Eichen, Walnussbäume und dazwischen leuchtend roter Ahorn.

Jetzt ist die Autobahn an vielen felsigen Stellen untertunnelt. ‚Zwanzig Tunnel sind es bis Wonsan!', erklärt Herr Hong. Nach dieser ergiebigen Information klopft er wieder Sprüche, wie den folgenden: ‚Unser Vater ist der Führer, unser Haus die Partei der Arbeit Koreas!'

In der Nähe eines am Rande der Autobahn aufgebauten Musterdorfes wird eine Pause eingelegt. An das Dorf dürfen wir nur bis auf etwa hundertfünfzig Meter heran; also wird es wohl ein ‚potemkinsches' sein. Herr Hong am Haltepunkt:

‚Bitte knipsen!'

Auf der Weiterfahrt erfahren die Zuhörer weiteres Aufschlussreiche aus seinem Munde, beispielsweise, dass
- die Wehrpflicht in Nordkorea obligatorisch ist und zwar für Männer und Frauen und - je nach politischer Lage - zwischen drei und vier Jahre dauert,
- alle Kinder für mindestens ein Jahr in den Kindergarten müssen, da gebe es keine Ausnahmen. (Aha, denkt der aufmerksame Zuhörer, da wird sinnvollerweise der Muttermilch ein Schuss Juche beigegeben. So entsteht eine gleichermaßen für Körper und Geist nahrhafte Mischung, die hier schon den Jüngsten verabreicht wird.)

Sodann erfreut Herr Zong seine Zuhörer noch mit einer Episode aus dem Leben des ‚Großen Führers', die diesmal weniger dessen Weisheit und Weitsicht, dafür umso mehr seine Güte und Menschlichkeit unterstreicht:

Eine Bäuerin wurde just am Tag der Eröffnung eines Volkskongresses, an dem sie als Delegierte teilnahm, sechzig Jahre alt. Der ‚Große Führer' wusste natürlich davon und gratulierte ihr so herzlich, soll ein Journalist berichtet haben, wie Vater und Mutter der Jubilarin die ganzen Jahre zuvor nicht. Er schenkte der verlegenen Bäuerin ein hübsches buntes Kleid und ließ ihr zu Ehren ein Bankett ausrichten. Vor Stolz, Rührung und Beschämung soll sie von den aufgetischten Köstlichkeiten keinen Bissen herunterbekommen haben. Glücklich kann sich ein Volk preisen, dass solch einen Anführer hat!

Welch eine Überraschung: Luxus pur erwartet uns im ‚Fichten-Wellen-Hotel' in Wonsan. Ich darf eine Suite beziehen, die aus einem Vorraum, einem großen Bad und zwei Räumen besteht, von denen einer ausgestattet ist mit üppigen Clubsesseln, Fernseher, Radio, Schreibtisch und einer verglasten Anrichte, in der Kristallgläser stehen. Der Clou aber ist ein beleuchtetes Aquarium an der Wand, in dem lebendige Fische herumschwimmen. Vom Balkon aus bietet sich eine weite Sicht über Stadt, Land und Meer. Womit hat sich die Reisegruppe das verdient? Oder sollte etwa nur deren Reiseleiter…?

‚Luxus pur'? Unterschiedlicher kann die Auffassung von Luxus zwischen einem genügsamen Besucher aus der DDR und zwei verwöhnten Besuchern aus der BRD gar nicht sein: Nur wenige Monate zuvor stieg auch Luise R. auf ihrer Reise just in diesem Hotel ab. Bezüglich dessen Beschaffenheit zitierte sie einen Bekannten, der sich anlässlich eines Aufenthaltes im gleichen Hotel sehr abfällig darüber geäußert haben soll:

‚Manches funktioniert nicht, aus dem Wasserhahn kommt nichts oder es gibt nur warmes Wasser, kein kaltes, die Türen schließen nicht und so fort'.

Darauf Luise:

‚Nun, ich hatte mir alles schlechter vorgestellt, aber auch das Unzulängliche stört mich nicht. Was nützt uns der westliche ‚Komfort'? Sind wir mit unseren Luxushotels glücklicher? Illusion, daß Reichtum und Perfektion unsere Lebensqualität steigern. Im Gegenteil. Das Rattenexperiment des Verhaltensforschers König zeigt es:
Zwei Käfige mit Ratten, gleich alt, gleich gesund; die einen werden ein wenig karg gehalten, die anderen werden überfüttert. Die Folge: die im Luxus leben werden aggressiv und pervers und bringen sich gegenseitig um. Die anderen leben lang, normal und gesund."[5]

Und wenn sie nicht gestorben sind…

Jedenfalls ist sehr tröstlich, was die Schriftstellerin uns da anbietet. Wenn man es verinnerlicht, kann es durchaus das Bewusstsein im positiven Sinne verändern.

Das Mittagessen wird wieder ‚europäisch' verabreicht. War nicht mehr zu verhindern. Aber nach Intervention in der Küche hat der Koch wenigsten zum Abend ein koreanisches zugesagt.

---

[5] Luise Rinser: Nordkoreanisches Reisetagebuch, Fischer Taschenbuch Verlag, 1984, S. 79

Der gemeinsame Verdauungsspaziergang führt durch einen nahegelegenen, von Kanälen durchzogenen Park mit hübschen Holzbrücken über das Wasser, liebevoll angelegten Lotosteichen, Trauerweiden an den Ufern sowie weißen Schwänen und buntschillernden Pekingenten auf den Teichen.

Auch dieser Park wurde auf Anregung des ‚Großen Führers' angelegt, teilt Herr Hong den Flanierenden beiläufig mit. Eigentlich überflüssig, dieser Hinweis, denn so viel ist mittlerweile jedem von uns klar, niemand außer dem hätte auf eine so fabelhafte Idee kommen können. Mit einem bescheidenen ‚Für die Menschen machen wir das!', soll er seinen hübschen Einfall begründet haben. Welche hat er wohl gemeint? Uns begegnet keine Menschenseele in der großräumigen Parkanlage!

Für den späten Nachmittag ist eine Dampferfahrt auf dem ‚Golf von Ostkorea' angesagt, wie die riesige Bucht im Osten des Landes auch bezeichnet wird, an der Wonsan liegt.

Bis zum ‚Boarding' verbleiben uns noch zwei Stunden Freizeit. ‚Freizeit nach Plan', versteht sich, Freizeit mit Vorgaben, eben Freizeit nach nordkoreanischer Art. In diesem Falle lauten die Vorgaben: ‚Nur rund ums Häuserkarree, einmal Hotel, einmal Kaufhaus, einmal Mole und zurück, keinesfalls über einen gedachten 250-Meter-Bannkreis hinaus, gerechnet vom Hotel als zentralem Mittelpunkt!' (Keine Sorge, wir sind nicht sehr erpicht auf Wonsan. Was wir im näheren Umkreis sehen, reicht uns schon!)

Auch für den Aufenthalt an Bord wird strenge Order ausgegeben: ‚Keine Fotos von den Inseln; auch keine Fotos hinaus aufs offene Meer!' Erlaubt wird lediglich, vom Heck des Dampfers aus die langsam den Blicken entschwindende Stadt zu fotografieren. Und siehe da: Aus gebührender Entfernung bietet die mit ihrer ‚Skyline' vor dem Hintergrund der blauen Berge ein reizvolles Fotomotiv.

Damit auch während des Weiteren, sicherheitskritischen Reiseverlaufs alles gut unter Kontrolle gehalten werden kann, wurde der Gruppe schon im Hotel ein zweiter ständiger Begleiter zugeordnet. Den stellte uns Herr Hong als seinen Gehilfen vor, als einen ‚Studenten aus der Hauptstadt'. Es ist ein äußerlich unauffälliger Mann, gekleidet in schmuckloses Grau in uniformem Schnitt, wie er halt im Lande Mode ist. Taktvoller Weise fragt ihn von uns niemand nach seiner Studienrichtung. Und im Übrigen, wenn man das einmal positiv sieht: Vier Augen sehen mehr als zwei!

Schnell ist dieser Ansatz positiven Denkens jedoch über Bord, als ich den auf einer Bank an der Reling des Dampfers mir gegenüber sitzenden ‚Studenten' mustere, an dessen Aufgabe denke und darüber ins Grübeln komme. Ketzerische Gedanken sind es, über denen ich alle guten Vorsätze vergesse, darunter den, alles Überraschende, Unpassende und Ungewöhnliche mit einem Lächeln zu quittieren.

Ich denke: ‚Warum zum Teufel diese Geheimniskrämerei, diese kleinliche Gängelei der wenigen Touristen, die überhaupt ins Land gelassen werden, warum diese Fotoscheu, der Mangel an Fremdsprachenkenntnis, diese Menschenscheu, dieser Götzendienst am Führer und – nicht zuletzt – diese Übelkeit erregenden platten Sprüche, die man ihm zuschreibt? Warum wird hier alles Natürliche ins Unnatürliche verkehrt, pervertiert? Was für seltsame Sumpfblüten gedeihen in dieser Treibhausatmosphäre?'

Und weiter frage ich mich: ‚Wie hat man es nur geschafft, die Gehirnwindungen der Menschen umzupolen, sie so zu programmieren, dass sie tatsächlich glauben, ihre Welt sei in Ordnung und ihr Führer der Größte, ihr Land das unschuldigste und friedfertigste und ihre Ideologie allen anderen weit überlegen? Sie haben, so glauben sie, die Japaner aus eigener Kraft aus dem Lande getrieben und wenig später den Aggressor Südkorea, nebst der mit ihm verbündeten Amerikaner, an den Ausgangspunkt des Angriffs zurückgeschlagen. China und die Sowjetunion? Ja gut, die haben dabei ein wenig geholfen. Wäre aber notfalls auch ohne sie gegangen.

Und was soll diese nebulöse Juche-Ideologie, dieser Verschnitt aus Marx und Kim Il-sung, mit dem Anspruch, nicht nur die richtige Ideologie für Korea, sondern für die ganze Welt zu sein? Achtung!, sagen deren Apologeten, hier kommt der wahre Messias, unserer, mit einem neuen, revolutionären Sendungsbewusstsein. Der wird die Welt nicht nur interpretieren, sondern verändern.

Zwar, so räumen sie ein, haben Kant, Hegel, Marx und Engels sich redlich bemüht, wussten es aber halt zu ihrer Zeit nicht besser. Und

Goethe, Schiller, Tolstoi, Dostojewski? Das waren doch alles nur realitätsferne Träumer, Schöngeister!'

Das alles geht mir durch den Kopf und man merkt es meinem Gesicht wohl auch an. Also besser wieder positiv denken:

…,Halten wir den Nordkoreanern zugute: Erfahrenes Unrecht, immer wieder annektiert und massakriert, jahrhundertelang kolonialer Unterdrückung ausgesetzt, verbunden mit großem Leid. Heute weitgehender Isolation durch den ‚Westen' ausgesetzt. Missachtung und Ignoranz erzeugen, wie wir wissen, Gegenreaktionen, geistige und reale.'

Ergibt sich aus heutiger Sicht folgende Frage: Wie sollte man dieses Land nehmen? Weiter mit Überheblichkeit, Ignoranz und Herablassung behandeln, auch auf die Gefahr hin, dass Isolation, Realitätsferne und Frust es zu einer realen Gefahr für die Welt werden lassen?

Wäre das nicht die bessere Strategie: Zunächst tiefgehende Kenntnisse über das Land erwerben, dessen Gesellschaftmodell als gegeben tolerieren, sich mit den komplizierten politischen Strukturen vertraut machen und - auf einer derart soliden Grundlage - realistische Ziele formulieren und bedacht umzusetzen versuchen – im Interesse der Menschen des Landes und im eigenen? Dazu müsste der ‚Westen' allerdings mit etwas mehr Charme auf Nordkorea zugehen…

Eintrag vom 12.10.1982:

„Vormittags darf gebadet werden. Am Ausländerstrand ist man wieder einmal unter sich und bleibt es auch während der drei Stunden Freizeit nach Plan. Dazu gibt es gute Konditionen: Einen weiten feinkörnigen Sandstrand mit grünblauem Wasser und einen Sprungturm, gut zwanzig Meter vom Ufer entfernt im tieferen Bereich des Meeres, ausgestattet mit einer 3,5- und einer 7 Meter Plattform.

Zugegeben, ein wenig verrottet sieht der Turm schon aus. Andererseits ermöglicht es der freigelegte, gut sichtbare verrostete Betonstahl der tragenden Elemente jedem potentiellen Springer, das Risiko der Benutzung des Turmes selbst einzuschätzen und von Sprüngen Abstand zu nehmen, wenn es ihm zu hoch erscheint. Risikofreudige allerdings, zeigt sich sobald, kommen über die Treppe durchaus noch unbeschadet auf die obere Plattform und mit kühnem Sprung ins Wasser auch wieder hinunter.

Der größere Teil der Reisegruppe zieht es jedoch vor, im flachen Wasser nach Seesternen zu suchen, nach den großen roten, die es hier gibt. Dabei gehen die Sammler von der Annahme aus, die hübschen, filigranen Sterne könne man trocknen und als Souvenir mit in die Heimat nehmen. (Diese Annahme sollte sich später als ein fataler Irrtum erweisen: Der Gestank der verwesenden Tiere wird die Gruppe bis ans Gepäckband auf dem Flughafen Berlin-Schönefeld begleiten, er wird allem anhaften, was auch nur in die Nähe der Tüten und Kartons mit den glibberigen Tierchen kam: sämtlichen Kleidungsstücken, dem Inhalt von Koffern und Taschen, und das auch noch Tage nachdem die gallertartige Masse im Klosett entsorgt wurde. Zwar wird es seitens der wenigen, die es beim Fotografieren der wunderschönen Sterne beließen, viel Schadensfreude und Naserümpfen geben, aber die können sich dem faulig-süßen Geruch auch nicht immer entziehen.)

Am Mittagstisch eine überraschende Mitteilung: Check-out ist nicht erst morgen nach dem Frühstück, wie geplant, sondern schon heute, und zwar in einer knappen Stunde. Also dalli, dalli!, wie der Kaschube sagen würde.

Einleuchtende Begründung seitens des Herrn Hong:

‚Besser heute, als morgen! Wir wollen doch gemäß Reiseplanung ohnehin morgen ins Kumgangsan. Sind ja von hier aus nur gut hundert Kilometer...'

Die Logik ist umwerfend. Ade du schöne Suite im ‚Fichten-Wellen-Hotel!‘"

Im Diamantengebirge

Das „Diamantengebirge", wie das Kumgangsan auch genannt wird, gehört zum „Taebaek-Gebirge", welches sich von Nord nach Süd mit einer Länge von gut fünfhundert Kilometern über die koreanische Halbinsel erstreckt. Wer auf eine Karte von Korea schaut, erkennt die Ähnlichkeit der Konturen dieser Halbinsel mit denen eines Hasen. Dessen Rückgrat wird durch das „Taebaek-Gebirge" gebildet, welches entlang der Küste des japanischen Meeres verläuft.

Nach dem Ende des Koreakrieges wurde das Kumgangsan seiner Nähe zum 38. Breitengrat wegen zum militärischen Sperrgebiet erklärt, so Herr Hong, und ist gegenwärtig nur zu einem kleinen Teil für Touristen zugänglich.

Auf der Fahrt dorthin bietet sich uns ein sehr abwechslungsreiches Bild: Die Meeresküste ist stark zerklüftet. Steilufer und Klippen wechseln sich mit flachen Stränden ab, bizarre Gesteinsformationen und Geröll, mit feinkörnigem weißen Sand. Und immer wieder aufs Neue tauchen größere und kleinere Inseln im Meer auf.
Welch ein touristisches Potential schlummert hier. Hoffentlich weckt es so bald niemand!

Rechts der Straße glänzen Binnenseen auf. Hinter denen erheben sich die Berge des „Taebaek". An den Berghängen wird Getreide angebaut und an den Straßenrändern, seien sie auch noch so schmal, Gemüse, Kartoffeln und ein Gewächs mit brauen, bambusartigen Büscheln.

Etwa acht Kilometer vor der Stadt Tongchon wird eine Pause eingelegt. Es darf gebadet werden. Herr Hong:

„Keine Fotos! Und nicht zu weit raus schwimmen!"

Auch die Spaziererlaubnis hält sich in engen Grenzen, schließt nicht einmal die malerischen Binnenseen rechts voraus der Landstraße ein. Und alle halten sich daran, bis auf eine Ausnahme…

In ihrem weiteren Verlauf wird der Zustand der Straße immer schlechter. Große Schlaglöcher tun sich unverhofft im Beton auf. Lastkraftwagen stehen mitten auf der Straße, dort, wo deren Fahrer den

Einfall hatte, eben mal eine kurze Pause einzulegen, vielleicht um ein paar Lockerungsübungen zu machen oder sich für einen Augenblick in die Büsche zu schlagen. Ohne ständiges Hupen geht es überhaupt nicht mehr vorwärts.

Ein solches Tohuwabohu werden die Bäuerlein am Straßenrand und auf den dahinter liegenden Reisfeldern wohl gewohnt sein, denn die meisten von ihnen heben nicht einmal den Kopf, während der Bus langsam an ihnen vorbeifährt. Andere schauen nur kurz auf.

Archaisch-asiatische Typen sind darunter: Graues Haar, ohne Strohhut oder aber unter einem solchen, spitzer Kinnbart, helle Arbeitskleidung, wohl aus Leinen.

Mit Hilfe kleiner wendiger Traktoren der Marke Eigenbau wird der Boden bearbeitet. Vereinzelt sind auch noch Holzpflüge im Gebrauch.

Und immer wieder sieht man Mädchen und Frauen mit Lasten der verschiedensten Art auf dem Kopf: Taschen, Pappkartons, übereinander aufgetürmten Schüsseln, Säcke, Netze mit Gemüse. Was auch immer sich auf ihrem Kopf häuft, sie schreiten damit aufrecht, sicher und schnell aus. Gern hätte man hier einen Fotostopp, aber der Wagen, der rollt...

Nicht minder reizvoll schauen die Siedlungen entlang der Straße aus: Die Wände der Häuser sind weißgetüncht, die flachen Dächer mit grauen, manchmal auch mit roten Ziegeln gedeckt. Auf den Dächern reifen zuweilen Kürbisse. Roter Paprika ziert die Wände jedes Hauses und unter einigen Vordächern hängen Tintenfische zum Trocknen.

Links der Straße, entlang des Strandes, verläuft ein eingezäunter, etwa drei Meter breiter Grenzstreifen. Es ist die durch Zäune und Starkstrom gesicherte Grenze Nordkoreas zum Feindesland. (Zäune und Starkstrom hätten es auch getan, denkt der Bürger der Ostberlins, wenn er sich an die Betonmauer längs seiner Westgrenze erinnert. Genauso unüberwindlich, aber transparenter und kostengünstiger!)

Alle paar Kilometer ein Schlagbaum, der sich flugs öffnet, sobald der Posten das Kennzeichen des koreanischen Reisebüros an der Vorderseite des Busses ausgemacht hat.

Die Straße steigt weiter an und wird immer serpentinenreicher. Ochsen, unter schwerem, hölzernem Joch, kommen uns entgegen. Sie ziehen Karren, die übervoll mit Heu oder Gemüse beladen sind. Unter lautem Hupen werden sie beiseitegedrängt. Gut, dass die Ochsen von sanftem Gemüt und so geduldig sind.

Das japanische Meer zur Linken entschwindet immer mal für kurze Zeit den Blicken, zeigt sich dann aber erneut in kristallklarer Schönheit mit seinen der Küste vorgelagerten traumhaften Inselketten.

Damit weder der Einheimische ins Träumen, noch der Tourist allzu sehr ins „romantische Glotzen" kommt, rufen ihn allenthalben kämpferische Sprüche auf großen Schildern in die Wirklichkeit zurück. Die Plakate und Spruchbänder stehen am Straßenrand, an den Ortseingängen oder breiten sich malerisch über die Berghänge aus. Herr Hong übersetzt für uns einige davon. Man ist erstaunt darüber, wie gut sich selbst sehr kämpferische Aussagen in ein poetisches Versmaß einbinden lassen.

Es dämmert bereits, als der Bus in westliche Richtung von der Landstraße abbiegt. Jetzt geht es in halsbrecherischer Fahrt eine enge Serpentinenstraße hinauf. Bei den Ausweich- und Überholmanövern hart am Abgrund werden mir die Handflächen feucht und in der Magengegend stellt sich jenes mulmige Gefühl ein, wie erst jüngst auf der Riesenachterbahn im Vergnügungspark von Pjöngjang.

Und noch einmal geht es bergab, bis dorthin hinunter, wo die Brandung des Meeres sich weiß-schäumend an den Uferklippen bricht, bevor der Bus wieder an Höhe gewinnt und ins Kumgangsan-Gebirge einbiegt.

Angekommen am Ziel, bezieht die Gruppe bei Dunkelheit ihr Quartier: eines von mehreren, im Walde verstreuter mehrgeschossiger Bettenhäuser, die zu einem größeren Hotelkomplex gehören.

Eintrag vom 13.10.1982:
„Gegen 6:30 Uhr steigt die Sonne als orangefarbene Kugel hinter dem Wald auf. In der Senke vor dem nächsten Bergrücken liegt weiß-grauer Morgennebel. Innerhalb weniger Minuten nimmt die Strahlung deutlich an Intensität zu; die Farbe der Sonne wechselt von orange in rot-silber.

Vom Balkon der Zimmer im sechsten Stock des Bettenhauses überblickt man gut das nähere Umfeld, sieht hinunter auf Zirbelkiefern sowie viel Ahorn und auf weitere, verstreut im Wald stehende Häuser des Hotelkomplexes.

Für den Vormittag ist eine Wanderung zu den ‚Zehntausend Phänomenen' geplant, Felsgruppen mit einem ganz besonderen, eben phänomenalem Aussehen. Vom Camp aus führt eine betonierte Straße in langen Serpentinen dorthin hinauf. Einige Meter unter ihr fließt ein Bach in einem Bett aus Felsbrocken abwärts. Man hört sein Plätschern und blickt immer wieder erfreut auf das kristallklare Wasser hinunter.

Die um eintausendzweihundert Meter hohen Felsen links und rechts der schmalen Straße sind dicht bewaldet. Zwischen den Kiefern leuchten überall die knallig-roten Blätter von niedrigwüchsigem Ahorn im Gegenlicht.

Soweit, so schön, wären da nicht die Lastkraftwagen, Kleinbusse und Personenkraftwagen, die uns auf der schmalen Straße unentwegt überholen und in einer Wolke aus Staub und Abgasen zurücklassen.

Die Befürchtung, bei dieser Form der Annäherung wohl kaum das Tagesziel, den Pass ‚Onjong-ri' und die angekündigten Phänomene zu erreichen, bewahrheitet sich schon wenig später.

‚Time is out!', verkündet Herr Hong, ‚wir müssen leider umkehren!' Jetzt muss er sich erstmals eine Predigt seines deutschen Partners anhören. Die lautet etwa so:

‚Etwas mehr Engagement, etwas mehr Organisation, ein Kleinbus - und die Gruppe hätte mühelos sehen können, was ihr gemäß Reiseprogramm zusteht!'

Sollte dieser emotionale Ausbruch Herrn Hong in Verlegenheit gebracht haben, so lässt er sich das nicht anmerken. Er setzt sein mehrdeutiges asiatisches Lächeln auf und vertröstet die enttäuschte Gruppe mit der Aussicht auf einen Film, den sie sich gern noch vor dem Abendbrot im Kinosaal des Hauptgebäudes ansehen könnten. Darin wären die schönsten der zehntausend Phänomene zu bewundern und das ohne jede körperliche Anstrengung.

Klug ist diese Taktik, aber nicht neu:

Wenn man das eigentlich Gewünschte nicht anbieten kann, sollte man nicht verneinen, sondern etwas anderes offerieren. Mit einigem psychologischen Geschick verkauft man dem Kunden die Alternative vielleicht sogar als das, was er wollte. Ernüchterung und Enttäuschung stellen sich beim betrogenen Kunden, Gast oder Reiseteilnehmer, wenn überhaupt, erst später ein.

Auch in der Reisegruppe setzten Ernüchterung und Enttäuschung im Kinosaal nicht sogleich ein, zumindest noch nicht beim ersten der beiden Dokumentarfilme, denn der zeigte in farblich guter Qualität landschaftliche Höhepunkte des Äußeren, Inneren und Meeres-Kumgangsan. Der zweite spannte den Bogen weiter, war aber von unzureichender Farb- und Aufnahmequalität.

Beide Filme könnten dem Zuschauer die Schönheit des Landes einprägsam vermitteln, wenn die Regisseure sich ausschließlich auf die Natur konzentriert hätten. Haben sie aber leider nicht.

,Im Mittelpunkt steht der Mensch!', heißt es gemäß Juche. Das gilt selbstredend auch für seinen Aufenthalt in der Natur, obwohl die gut ohne ihn auskäme. Also tauchen in den Filmen immer dort, wo die Natur am schönsten ist, beglückt wirken wollende Urlauber auf. Die Männer überwiegend in bis zum obersten Kragenknopf geschlossenen weißen Nylon-Hemden, mit dazu passenden schmalen schwarzen Krawatten. Die Frauen nicht minder fein für den besonderen Anlass gekleidet.

Und alle lächeln naturbeglückt in die Kamera und machen sich mit schwärmerischen Gesten und verzückten Ausrufen auf die Schönheiten ihres Heimatlandes aufmerksam. Ergreifend ist das für den unvoreingenommenen Zuschauer und er muss anerkennen, dass beide Regisseure ein Maximum aus ihren Laienschauspielern herausgeholt haben.

Ein wenig mag das Abendessen die verhinderte Wandergruppe über den enttäuschend verlaufenen Tag hinweggetröstet haben: Gebratener Fisch, Reis, Tintenfisch auf Blättern von Chinakohl, gekochte Rippchen (sehr pikant!), Spinat, Kartoffelscheiben mit grünem Gemüse und dazu eine teuflisch scharfe Soße mit Knoblauch, Chili, Pfeffer und Soja. Phantastisch!

Liegt es an der leicht depressiven Stimmung in der Reisegruppe oder an den lackierten, glatten Essstäbchen, dass heute selbst den Fortgeschrittenen deren Handhabung schwerfällt? Das ist ärgerlich, freut aber die Serviererinnen. Die stehen in ihrer hübschen Tracht, bestehend aus kurzen Blusen mit weiten Ärmeln und langen Röcken aus bunten oder weißen, leicht durchsichtigen Stoffen, hinter ihren Gästen und schauen diesen belustigt über die Schulter. Sie lächeln nachsichtig angesichts der Ungeschicktheit ihrer Gäste und leiten diese an, zeigen ihnen, wie man die Stäbchen hält, korrigieren die Haltung von Daumen und Zeigefinger und haben ganz offensichtlich ihre Freude daran. Und die steckt an.

Eintrag vom 14.10.1982:
„Dem Abendessen folgt erstmals auch ein Frühstück a la Korea. Hat da wieder jemand öffentlichkeitswirksam die koreanische Küche gelobt?
Es gibt gebratenen Fisch und Reis, dazu gekochte, scharf gewürzte Sojabohnen und eine dünne Suppe, angereichert mit Kartoffelstreifen. Und dazu das obligatorische Kimchi.
(Zur traditionellen Herstellung von Kimchi wird Chinakohl für einige Stunden in Salzwasser gelegt und fermentiert. Die gegorenen Blätter werden zerkleinert, Knoblauch, Ingwer, Chili und Rettich, aber auch Meeresfrüchte oder Fischsoße hinzugegeben, das feine Gemisch zu handlichen, rechteckigen Päckchen geformt und zum späteren Gebrauch in Tontöpfe abgefüllt. Infolge der variablen Zutaten variieren auch Art und Geschmack des Kimchi. Welche Art auch immer gerade vorrätig ist, die kommt bei jeder Mahlzeit mit auf den Tisch, obligatorisch.)
‚Piro bong' heißt der mit 1638 Metern höchste Berg des Kumgangsan. Nicht etwa auf dessen, auch für Normalwanderer leicht erreichbaren Gipfel soll es gehen, das hätte aus der Gruppe auch niemand mehr erwartet, sondern nur bis hinauf zu einem Wasserfall mit dem poetischen Namen ‚Kuryong' (Neun-Drachen-Wasserfall). Der ist etwas ganz Besonderes. Er ist für jeden Koreaner der Inbegriff von Schönheit und Glück, ist für ihn das natürliche Pendant zum

schöpferischen, einer strahlenden Zukunft entgegenschreitenden Bürger des Landes. Und wer diesen Wasserfall bedauerlicher Weise noch nicht persönlich aufsuchen konnte, kennt ihn als Motiv von Seidentüchern, Vorhängen oder Postkarten her, aus unzähligen koreanischen Filmen und von Bildern in den schönsten Wasser- oder Ölfarben, hat vielleicht sogar selbst eines davon über der Couch im Wohnzimmer zu hängen.

Nach Mengede, mit dem Geburtshaus des ‚Großen Führers', ist der ‚Kuryong' das nationale Heiligtum, die Wallfahrtsstätte Nummer Zwei. Und so befinden wir uns bald in einer nicht abreißenden Kette von Pilgern, die alle ein gemeinsames Ziel haben - den sagenhaften Wasserfall.

Angesichts der Masse an Besuchern und des langsamen Vorwärtskommens schwant mir bereits, dass der Weg das Ziel sein könnte, haste nicht weiter mit der Gruppe vorwärts und sehe mir stattdessen aufmerksamer die Natur entlang des Weges an. Die ist besonders reizvoll durch die bunte herbstliche Färbung des Laubes, wenn auch das Gelb der Esskastanien und das Rot des Ahorns hier schon langsam an Intensität verlieren.

Wie auf dem gestrigen Weg begleitet uns linkerhand ein Bächlein helle, in dessen Bett Felsbrocken liegen. Etwas weiter aufwärts, hinter einer von sechs Hängebrücken, hat der Bach sich seinen Weg durch die Felsen gebahnt, hat sie tief, sehr tief eingeschnitten. Eine breite Kluft ist entstanden, in der gewaltige Felsbrocken klemmen. Die stauen das Wasser an mehreren Stellen zu kleinen Seen auf. Der Bach verbindet Seen und Felsbrocken zu einer weißglänzenden Kette aus riesigen Perlen. Daher der Name ‚Perlenkette' für dieses hübsche Stück Bachstrecke.

Etwas weiter oben wird an einem schmalen Platz haltgemacht. Der trägt den Namen ‚Angide' (Anhalten). Senkrechte Felswände umgeben ihn im Halbkreis und lenken den Blick nach oben, hinauf zum blauen Himmel über der Schlucht, der hier sehr nah erscheint.

Der Platz bietet eine Möglichkeit zum Verschnaufen und Herrn Hong Gelegenheit, uns mit einem bemerkenswerten Gleichnis aus dem Munde des ‚Großen Führers' zu erfreuen. Das lautet wie folgt:

,Unsere tapferen Partisanen mussten noch ganz andere Strecken ohne Verschnaufpause zurücklegen!'

Nun weist er mit erhobenem Arm auf Losungen, die in riesigen Lettern oben an den Felswänden prangen. Wir legen die Köpfe in den Nacken und staunen: Sie sind in den Stein gemeißelt und mit roter Farbe ausgefüllt. Einen davon übersetzt uns Herr Hong. Der lautet: ,Es lebe die Juche-Ideologie!'

Sehr bemerkenswert finden wir das und sind dabei mit unserer Meinung nicht allein: Auf dem engen ,Angide' stauen sich die Massen. Gruppenführer deklamieren in hoher Stimmlage die Losungen an den Felswänden. Einzelne einheimische Wallfahrer artikulieren bedächtig Sprüche, reihen die Silben des Textes langsam und sorgfältig aneinander, haben offensichtlich mit dem Lesen ihre Schwierigkeiten und freuen sich sehr, wenn sie schließlich einen der Sprüche entziffert haben.

Kunstvoll schauen die aneinandergereihten roten koreanischen Buchstaben aus. Ach, wären sie nur kleiner, auf Pergamentpapier gemalt und gäben koreanische Volksweisheiten preis. So aber kann einem nur der Fels leidtun, jetzt und erst recht später, wenn die Götzen gefallen sind und die Losungen aus der Wand gesprengt werden müssen. Auch der härteste Stein und die größte Schrift hoch oben am Berghang bieten keine Garantie für einen dauerhaften Platz in der Geschichte!

Vom Punkt ,Anhalten' aus ist es nicht mehr weit bis zum Ziel; der sagenhafte Wasserfall kommt schon nach der nächsten Wegbiegung in Sicht. Aber was für eine Enttäuschung muss sein Anblick für den Pilger sein, im Vergleich zum verinnerlichten Bild: Nur wenig, sehr wenig Wasser kommt die Felswand herunter, mickrig ist der Ertrag, der durch den Bach talabwärts befördert wird.

Zur Entschädigung erzählt uns Herr Hong eine Geschichte, die sich vor langer Zeit just hier, am Wasserfall zugetragen haben soll. Die geht - versehen mit einigen zusätzlichen Ausschmückungen von mir - in etwa so:

Ein armes junges Bäuerlein rettet einem von Jägern verfolgten Hirsch das Leben. Er versteckt ihn unter einem Reisighaufen und ist nach der Entwarnung höchst erstaunt, dass dieser sprechen kann. Der Hirsch sagt zu ihm, er dürfe jetzt als Belohnung für seine gute Tat einen Wunsch äußern. Das Bäuerlein wünscht sich eine schöne junge Frau, wenn möglich die schönste im Lande. Der Hirsch senkt verständnisvoll den Kopf mit dem prächtigen Geweih, denkt einen Augenblick nach und eröffnet dem Bäuerlein sodann, dass jedes Jahr an einem ganz bestimmten Tag, zu einer ganz bestimmten Zeit, acht zauberhafte Feen zu einem Bade im See unterhalb des Wasserfalles kämen. Er solle zur vorgegebenen Zeit an Ort und Stelle sein und sich die Jüngste und Schönste unter den acht aussuchen, der Auserwählten das am Ufer abgelegte Flügelkleid wegnehmen und die sodann Gefügige als Braut heimführen. ‚Aber‘, fügt der Hirsch ernst hinzu, ‚du darfst ihr das Flügelkleid erst nach der Geburt eures dritten Kindes zurückgeben!‘

So geschieht es und das Bäuerlein führt die Flügellose heim. Die beiden sind sehr glücklich miteinander und haben bald zwei Kinder. Anlässlich eines Festes bittet ihn die Holde um ihr Flügelkleid, ausnahmsweise, sie will sich aus diesem Anlass noch schöner für ihn machen. Er entspricht ihrem Wunsch, vergisst in seiner Glückseligkeit aber, am nächsten Tag das Flügelkleid von ihr zurück zu fordern. Auch an den folgenden Tagen fällt ihm das nicht ein.

Das nun erzürnt den Gott der Feen im Himmel und er befiehlt der kleinen Fee, seiner Untergebenen, unverzüglich zu ihm in den Himmel zurückzukehren.

Von großer Liebe zu ihrem Gatten erfüllt, aber noch mehr von Angst vor ihrem strengen Vorgesetzten, nimmt die ihre beiden Kinder unter die Arme und fliegt mit Ihnen zurück in den Himmel. Als der arme Mann am Abend müde und hungrig vom Felde heimkehrt, findet er das Haus verlassen vor, weiß auch sogleich den Grund und beginnt bitterlich zu weinen.

Der Hirsch erfährt von dem Ungemach und erscheint dem Bäuerlein ein zweites Mal: ‚Siehst du, ich habe dir gesagt, du sollst ihr das Flügelkleid erst nach dem dritten Kinde zurückgeben! Aber verzage nicht. Es gibt eine Möglichkeit für dich, dir dein schönes Weib zurück zu holen: Zwar hat der Gott seinen Mädchen seit jenem Ereignis das Baden auf der Erde verboten, aber einmal im Jahr, gemäß Mondkalender am siebenten Juli, lässt er einen großen Bottich vom Himmel zum Gebirgssee herab, schöpft damit Wasser aus dem See und zieht ihn gefüllt wieder zu sich hinauf. Oben, im Himmel, dürfen die Feen darin baden.

Passe den richtigen Augenblick ab, klettere in den Bottich und lasse dich nach oben ziehen. Tritt mutig hin vor den Feen-Gott und bitte ihn, dir deine Frau und eure Kinder zurück zu geben!' Dieses rät ihm der Hirsch.

Das Bäuerlein fasst sich in Geduld und wartet den besagten Tag ab. An diesem begibt es sich schon in der Frühe an das Ufer des Sees, hoch oben in den Bergen. Und tatsächlich, nach einigem Warten sieht der Bauer den großen Bottich langsam vom Himmel herabschweben. Er schwimmt hin zu ihm, erklimmt mit Müh den Rand des Gefäßes und lässt sich hineinplumpsen. Bei der anschließenden, stürmischen Himmelfahrt hält er sich am Rande des Bottichs fest und blickt angstvoll zur Erde zurück. ‚Werde ich die jemals wiedersehen?'

Glücklich oben angekommen, klettert er auf den Rand des Bottichs und richtet sogleich mutig das Wort an den neben dem Bottich stehenden und erstaunt auf ihn herabblickenden Feen-Gott: ‚Gib mir meine Frau und meine Kinder wieder! Bitte! Wir lieben uns doch so sehr und ich verspreche, dir zu Ehren täglich ein Gebet zu verrichten.'

Der Feen-Gott denkt nach, wägt Schaden und Nutzen gegeneinander ab und erfüllt schließlich großherzig die Bitte des kleinen Wichtes. Die wiedervereinte Familie fährt mit dem Bottich herab und landet wohlbehalten wieder am Seeufer.

Daheim macht das Bäuerlein seiner Schönen schnellstmöglich das dritte Kind. Die mottet ihr Flügelkleid in der Kleidertruhe ein, lässt es für immer dort, und lebt mit ihm glücklich bis an sein Lebensende…

Unterwegs, vom Wasserfall zum Hotel zurück, begegnet uns viel buntes Volk. Mädchen in hübschen farbigen Blusen, aber auch, wie ihre männlichen Begleiter, in grünen Uniformen mit einem roten Stern an der Mütze. Sie tragen keine Rangabzeichen, sind vielleicht nur die

‚Kampfreserve der Partei'. Andere schreiten im blauen Einheits-Look bergan.

Auf den Steinen im Bachbett sitzen Amateurmaler zu Hauf. Malen ist eine in Nordkorea sehr beliebte Freizeitbeschäftigung. Bevorzugte Motive sind eben jener ‚Neun-Drachen-Wasserfall' (wenn möglich, nach der Natur gemalt) und KIS, der ‚Große Führer' (gemalt nach gängigen Vorlagen), beide Motive in Großformat.

Nur mit Hilfe der vielen, mehr oder weniger talentierten Amateure lässt sich die große Nachfrage nach diesen beiden Sinnbildern für Mensch und Natur befriedigen. Die schmückenden Gemälde hängen dann in den Foyers der öffentlichen Gebäude, in jedem Hotel, im Kulturraum jeder Kolchose und – in kleinerem Format – in jedem Wohnzimmer.

Am Fuße der letzten Brücke über den Bach, auf einer großen, vom Wasser flach geschliffenen Steinplatte, machen einige Pilger Picknick. M. und ich gehen zu ihnen hinunter und schauen ihnen über die Schulter. Ein malerisches Bild bietet sich uns: Frischer Fisch auf großen Salatblättern, bunte Pasten aus Paprika, Soja und Knoblauch, das schmackhafte leicht süße Weißbrot und dazu das recht übelriechende, aber äußerst aromatische Kimchi.

Auf einem Eisenrost schmurgeln unter glühender Holzkohle Muscheln im eigenen Saft. Wir bekommen Kostproben angeboten – und auf einmal ist der Kontakt da. Leider nur für wenige Augenblicke. Unsere Gruppe ist schon weit voraus und wir wollen nicht erneut einen Anpfiff von Herrn Hong riskieren.

Unten angekommen, finden wir nahe unserem Bus, ebenfalls auf einer Steinplatte im Bachbett, unser Picknick bereits angerichtet, nicht minder appetitlich als das unserer koreanischen Freunde etwas weiter oberhalb: Zarter weißer Bratfisch, eine gut gewürzte Suppe mit Mehlklößchen und Schweinefleisch, gegrilltes Rindfleisch, Kimchi, Reis, in scharfer Soße eingelegte Sesamblätter, Kompott aus Birnen und Mandarinen und dazu wahlweise das starke und süße koreanische Bier oder Orangenlimonade.

Auf dem großen Stein hockend oder liegend wird das leckere Mahl verzehrt. Ein großes Lob auf die koreanische Küche!

In einer der durch Steine aufgereihten Bachperlen nehmen wir anschließend ein Bad. Das kühle, glasklare Wasser auf der sonnenwarmen Haut ist ein Genuss.

Es bleibt noch eine gute Stunde bis zur Abfahrt des Busses. M. und ich laufen zur letzten Brücke zurück. Dort lagert zwischenzeitlich eine andere Gruppe. Auch die hat Appetitliches vor sich ausgebreitet. Keck treten wir heran, grüßen freundlich mit ,Annyeong haseyo!' (Hallo!) und werden eingeladen, mit auf dem Stein Platz zu nehmen. Obwohl gesättigt, probieren wir von einigen Speisen und strecken nach jeder Probe lobend den Daumen nach oben. Eine der Speisen kannten wir noch nicht: - jene, zu kleinen Würfeln geformte teigig-klebrige Reismasse, fast ohne Geschmack. Bei der blieb der Daumen unten. Als man uns aber gestenreich (!) zu verstehen gibt, dass diese Speise sehr potenzsteigernd sei, langen wir doch noch einmal zu.

Leider ist auch in diesem Falle die Kommunikation durch mangelnde Kenntnis der Sprache des jeweils anderen Partners stark eingeschränkt. Es bleibt bei Gesten und wenigen Schlüsselbegriffen. Wir stellen erstaunt fest, dass auch die Akademiker in der Gruppe (ein Chemiker und ein Ingenieur sind darunter) entweder auf der Universität keine Fremdsprache erlernt oder sie mangels Praxis wieder verlernt haben. Auslandsreisen sind, bis auf ganz wenige Ausnahmen, nicht möglich, offizielle Kontakte mit Ausländern eher selten und privat nicht erlaubt. Die Selbstisolation ist perfekt. Wozu dann noch eine Fremdsprache erlernen?

Innerer Monolog:

,Was für ein Weltbild mögen die haben? Vermutlich besteht es aus einem bisschen Konfuzianismus, viel KIS und Juche, aus verständlichem Hass auf die Amerikaner, verhaltener Sympathie für China und die Sowjetunion sowie aus einer sehr vagen Vorstellung von dieser ,German Democratic Republic', aus der wir kommen.

So bleibt ihnen die Schizophrenie der Europäer - besonders der aus Osteuropa - erspart, das Eine zu wollen, aber nicht hinzubekommen, und das Andere zu beargwöhnen, aber gern doch einmal davon zu kosten. Keinerlei Interesse an Original-Jeans oder Salamander-Schuhen haben die Nordkoreaner und schon erst recht keines an einem Auto.

Einleuchtend: Was man nicht kennt, das begehrt man auch nicht!
Und so kann sich die Haupttriebkraft dieses Sozialismus a la Nordkorea ungehindert entfalten: Die Übereinstimmung des gesellschaftlich Notwendigen, von oben gewollten, mit den bescheidenen individuellen Wünschen und Bedürfnissen des Volkes.

Nur, wie lange mag das gut gehen und welchen Preis zahlen die Menschen dafür, dass in ihrem Lande die Uhren für einige Jahrzehnte angehalten wurden? Und sind Unwissende glücklich zu nennen, wenn sie nicht gerade Adam oder Eva heißen?
Überdies ist fraglich, ob sie denn wirklich in der Mehrzahl noch so unschuldig und unwissend sind, wie sie sich geben und wie KIS sie gern hätte? Was soll dann die unnatürliche Abwehrhaltung auch gegenüber sich ihnen in guter Absicht nähernden Fremden, was sollen die zwei quer über den Mund gelegten Finger, als Antwort auf eine an sie gerichtete Frage? Koreanisch müsste man sprechen und sich länger in diesem schönen, interessanten Land aufhalten können…"

Eintrag vom 15.10.1982:
„Auf zu einer Extratour, auf zum ‚Kristallgipfel!.
Als endlich die Kaltverpflegung gefasst ist, steht die Sonne bereits hoch am Himmel. Unverdrossen steigt die Gruppe den schon wenige Meter hinter dem Ortsausgang beginnenden Pfad bergan. Der erweist sich als unerwartet steil. Mehr und mehr der Älteren und Leistungsschwächeren bleiben schon im Verlaufe der ersten Stunde auf der Strecke. Der Rest erreicht mit Mühe die Waldgrenze. Auch von dort ergibt sich kein Blick, weder auf den Berg, noch auf dessen kristallenen Gipfel.
Zong rät zur Umkehr. (Nach einigen gestern Abend gemeinsam an der Hotelbar getrunkenen Flaschen ‚Pjöngjang' duzen wir uns.) Das kleine Häuflein Unverdrossener schindet bei ihm noch weitere dreißig Minuten Aufstieg heraus: ‚Wenigstens bis zu einer Stelle mit ein wenig Aussicht!' Und tatsächlich wird die innerhalb des vereinbarten Zeitlimits erreicht: Die Waldgrenze liegt hinter uns, der Blick ist frei, das Bergmassiv erhebt sich unmittelbar vor uns und – gar nicht mehr so viel höher – kann man schon das Geländer der Aussichtsplattform sehen. Weitere dreißig Minuten und wir stünden auf dem Gipfel.

Vielleicht mangelt es Freund Zong Hong nicht an gutem Willen, aber er kann körperlich ganz offensichtlich nicht weiter bergan steigen. Fünfzig Jahre ist er alt, habe ich von ihm erfahren, hat ein schwaches Herz und muss sich vor übergroßer körperlicher Anstrengung hüten. Das ist einzusehen, aber für uns kein Grund, ebenfalls folgsam umzukehren.

‚Dann wartest Du hier. Wir beeilen uns und bringen Dir ein Stück Bergkristall von oben mit!', schlage ich ihm vor.

‚Geht nicht', sagt er, ‚wenn Euch was passiert...', und macht dazu die vielsagende Geste des sich die Kehle durch schneiden.‘

Eine weitere Lektion in Juche

„Auf der Rückfahrt nach Wonsan wird, wie auf der Hinfahrt, an einer unmittelbar am japanischen Meer gelegenen Teestube eine längere Pause eingelegt. Zunächst verzehrt man gemeinsam die liebevoll zubereitete und in dünne Holzfolie eingewickelte Kaltverpflegung. Dann begeben sich einige Wagemutige zum Baden an den Strand. Das Meer ist heute sehr bewegt. Es bläst ein stark auflandiger Wind. Der Strand ist hier sandig und flach. Es besteht keine Gefahr zu ersaufen. Also rein ins Wasser – mit Billigung und unter Beobachtung von Herrn Hong.

Das Wasser ist kalt, wir haben keine Handtücher dabei und frieren. M. und ich machen zum Aufwärmen einen Spaziergang zum vorderen der auf der anderen Seite der schmalen Landenge gelegenen Seen. Am Berghang, der den Uferweg begrenzt, wächst blauer Enzian. Ein schmaler Pfad führt zwischen schattigen Laubbäumen aufwärts. Man bekommt große Lust dem Pfad zu folgen. Wir bleiben aber auf dem Uferweg.

Hinter einer Wegbiegung weitet sich die Landschaft zu einem Tal. Weltfern liegt in dessen Mitte ein Dorf, umgeben von abgeernteten Getreidefeldern. Nicht sehr weit von unserem Standort entfernt beladen Bauern einen Karren mit Heu. Wir wollen nicht erneut schlafende Hunde wecken, gehen deshalb nicht in das Dorf hinein und machen uns stattdessen auf den Rückweg. Schon diszipliniert?

Wieder ‚on tour‘, hält Genosse Hong einen weiteren ideologischen Höhepunkt für uns parat: Eine Kassette mit Aufzeichnungen vom 6. Parteitag der PdAK (Partei der Arbeiterklasse Koreas). Zuerst dürfen wir uns jenen Teil des durch den ‚Großen Führer‘ gehaltenen Rechenschaftsberichtes anhören, der eigens für die im Lande weilenden Touristen übersetzt wurde, in unserem Falle - so gut es eben ging - ins Deutsche. Die Stimme des Übersetzers klingt sehr pathetisch, so, wie er es wohl aus gegebenem historischem Anlass für angemessen hielt. Was wir zu hören bekommen ist durchaus interessant. Vorgetragen wird die Strategie Nordkoreas zur Wiedervereinigung der zwei Korea. Sie soll auf folgenden drei Prinzipien beruhen:

- *Souveränität des wiedervereinigten Koreas*
- *Friedliche Wiedervereinigung*
- *Großer nationaler Zusammenschluss*

Dann wird das Konzept für ein künftiges, vereintes Korea vorgestellt:

- *Neutralität nach Austritt aus allen Militärbündnissen;*
- *Bildung einer Konföderation zwischen beiden Ländern und Neben-einander von zwei Gesellschaftssystemen;*
- *Keine Verabsolutierung eines Systems oder einer Ideologie;*
- *Kein Aufzwingen der sozialistischen Gesellschaftsordnung für Südkorea;*
- *Keine Benachteiligung, kein Hass, keine Vergeltung für in der Vergangenheit begangenes Unrecht;*
- *Selbstverwaltung in Nord und Süd;*
- *Wahl einer obersten konföderierten Versammlung, die das geeinte Korea vertritt;*
- *,Demokratische Konföderation der Republik Koryo', als Name des neuen Staates;*
- *Reduzierung der Streitkräfte beider Seiten und Vereinigung der Armeen zu einer Koalitionsarmee.*

Ich frage den neben mir sitzenden Zong: ‚Sag mal, meint Kim Il-sung das wirklich ernst? Zwei grundlegend unterschiedliche Gesellschaftssysteme, vereint in einer Konföderation, politisch stabil und ökonomisch erfolgreich? Das kann auf Dauer doch nicht funktionieren…'

‚Was heißt auf Dauer… wenn die USA erst einmal abgezogen sind… werden wir sie (gemeint sind die Südkoreaner) schon schlucken…', antwortet der und grinst dabei schlitzäugig.

Immerhin, da gebe ich ihm Recht, wenn derzeit überhaupt jemand von jemandem geschluckt und auch verdaut werden kann, dann Südkorea von Nordkorea und nicht umgekehrt - trotz der beinahe doppelten Einwohnerzahl des Südens."

Der Bus nähert sich Wonsan. Vorbei geht es an Ochsenkarren, einem im Straßengraben liegenden Reisebus und an vielen Fußgängern, die, von der schrillen Hupe des Busses erschreckt, zur Seite springen. Und eben noch zu Tode erschrocken, winken sie den Reisenden im Bus hinterher. Unglaublich freundlich und gutmütig scheint dieses Volk zu sein.

Blickt der Insasse des Busses nach links aus dem Fenster, schaut er auf die Berge des Kwangju und des Masingyon. Rechterhand kann er die Meeresküste sehen und, am Horizont, unzählige Inseln.

Am frühen Abend erreichen wir Wonsan und dürfen wieder unsere Suiten im ‚Fichten-Wellen-Hotel' beziehen.

Der während der Busfahrt gehörte politische Vortrag wirkt nach: Anschließend an das Dinner, in der Bar des Hotels, spreche ich Zong Hong noch einmal auf das Thema Wiedervereinigung an, frage ihn, ob das Angebot Nordkoreas ernst zu nehmen sei. Bitte ihn, mir ehrlich darauf zu antworten.

‚Was nach Utopie klingt, ist unter den gegenwärtigen Bedingungen gar nicht so unrealistisch. Für beide Seiten…' antwortet er mir.

Im Verlaufe des langen Gespräches erfahre ich viel Neues und kann mein eigenes Verständnis von der gegenwärtigen politischen Lage und den Beziehungen zwischen Nord- und Südkorea vertiefen. Es entsteht ein konkreteres Bild:

Zwischen vielen Menschen in Nord und Süd gibt es familiäre Bindungen. Die Mehrheit der Bürger beider, willkürlich durch die Grenzziehung zweier unbedarfter Offiziere der US-Armee getrennter Staaten, hat ein gemeinsames Heimatverständnis.

Südkorea (unter der, nach der Ermordung des Präsidenten, General Park Chung-hee, von General Chun Doo-hwan geführten Junta) befindet sich wirtschaftlich und politisch in einer schweren Krise. Das System hält sich vermutlich nur noch durch die massive Unterstützung seitens der USA.

Die ‚Gwangju-Demokratiebewegung' in Südkorea und der von ihr ausgehende Aufstand im Mai 1980 verdeutlichte das. Der Protest richtete sich nicht nur gegen die Militärdiktatur und das andauernde Kriegsrecht. Die führend beteiligte Studentenschaft trat auch für eine

Vereinigung beider Korea ein. Zwar wurde der Aufstand mit Hilfe Japans (!) und der USA blutig niedergeschlagen (bekanntgeworden unter dem Namen ‚Gwangdu-Massaker‘), aber die Ereignisse schwächten das Regime und bereiteten den Boden für demokratische Reformen.

Ungern, und nur aus geopolitischen Gründen halten die USA das reaktionäre Regime in Südkorea am Leben. Ob sie aber auch dazu bereit wären, sich Südkoreas wegen in einen neuen, extrem gefährlichen Krieg in Asien hineinziehen zu lassen, muss stark bezweifelt werden.

Daraus folgt, dass Südkorea gegenwärtig, d.h., im Jahre 1982, eine sehr schlechte Ausgangsposition für Verhandlungen mit Nordkorea hat, Nordkorea hingegen eine starke.

Das nordkoreanische Modell gewann in den vorangegangenen Jahren bei den nicht paktgebundenen Staaten Asiens und bei vielen Staaten der ‚Dritten Welt‘ zunehmend an Ansehen, und - Nordkorea fühlte sich durch die ‚Freundschaftsverträge‘ mit China und der UdSSR sicher. Es glaubt, sich im Falle militärischer Konflikte auf den Beistand der ‚Bruderländer‘ verlassen zu können.

Vielleicht war Nordkorea noch nie zuvor so stark und Südkorea so schwach.

„Wann, wenn nicht jetzt!?“. So könnte die drängende Frage der Militärs an ihren Führer gelautet haben. Wäre Kim Il-sung – wie ihm immer wieder unterstellt wird – tatsächlich erneut auf eine militärische Lösung des Koreakonfliktes aus gewesen, hätte er wohl in dieser Situation nicht gezögert… Spekulieren wir nicht weiter, zweifeln aber förderhin an den Unterstellungen, KIS bereite eine Aggression gegen Südkorea vor.

Eintrag vom 16.10.1982:

„Es hat die ganze Nacht über heftig gestürmt; Fenster- und Balkontür klapperten und schlugen unentwegt. Vom Balkon aus bietet sich am Morgen ein schöner Blick auf Meer und Hafen. Weiter draußen ist die See aufgewühlt, schiebt weiße Wellenkämme vor sich her. Im Schutz des Hafenbeckens ist das Meer weniger bewegt.

Beim Spaziergang auf der Mole nahe dem Hotel können wir zusehen, wie mehrere Blaumänner aus einem quer liegenden, mit Wasser vollgelaufenem Fischkutter, einige größere Gegenstände bergen.

Am Ende der Mole herrscht reges Treiben: Zwei Fischer ziehen ein gefülltes Netz aus ihrem Boot auf einen Betonblock. Im Netz wibbelt, wimmelt, kribbelt und krabbelt es von Meerestieren. Darunter viele flache, einer Flunder ähnliche Fische, kleinere mit Drachenköpfen und andere, mir unbekannte. Dazwischen Krabben und Krebse und – die leuchtend roten Seesterne.

Sorgfältig werden die Fische aus dem Netz befreit; die kleinen landen wieder im Wasser, die größeren und großen im hinteren, durch ein Holzschott abgegrenzten Teil des Bootes.

Derweil entzündet ein dritter Fischer auf dem Beton der Mole ein Holzfeuer, während ein vierter den mitgebrachten Reis in einem Behälter mit Süßwasser wäscht und anschließend einige der gefangenen Fische enthauptet, ausnimmt und in Stücke schneidet. (Weniger schön, dass er ihnen zuvor - just wie die ungläubigen Armenier seinerzeit dem Apostel Bartholomäus - bei lebendigem Leibe die Haut abgezogenen, sprich, sie geschuppt hat.)

Anschließend schneidet er einige Peperoni auf, entkernt sie sorgfältig und wirft Fischstücke und Beigaben in den Kessel über dem Feuer.

Den Versuch einer Annäherung wehren die Fischer zunächst ab, formal, halt wie gewohnt, signalisieren aber unerwartet Einverständnis, als ich auf meinen Fotoapparat zeige. Aus respektvoller Entfernung mache ich ein paar Fotos, werde dann kühner, setze mich zu ihnen und sehe ihnen ins Gesicht und auf die Hände. Es sind, bis auf einen, alles ältere Männer mit schwieligen Händen und wettergegerbten Gesichtern. Würdig und auf ihre Weise schön sehen sie aus und fühlen das vielleicht auch selbst, nicken sich zu und grinsen gutmütig, als der ungebetene Gast ‚heimlich' weitere Aufnahmen von ihnen macht.

Man kann aus Haltung, Gesichtern und Händen dieser Menschen auf ein schweres Leben schließen und aus ihrem Habitus auf ein armes. Aber es ist vermutlich gleichzeitig auch ein schönes, von ihnen gern und ohne Bedauern gelebtes. Warum auch nicht: Eine wunderschöne Heimat haben sie, ein Leben im Einklang mit der Natur in einem stolzen, selbstbewussten Land. Dazu garantiert Arbeit, Kleidung, Essen und auch mal ein Bier oder einen Schnaps, ein stabiles Dach über dem Kopf sowie Geborgenheit und Gleichklang in der eigenen, kleinen Familie und in der großen, gemeinsamen. Und über allem einen weisen Vater und Führer, allseits anerkannt und geliebt. Können sie sich denn zum vollkommenen Glücke noch anderes vorstellen und wünschen? (Doch Vorsicht jetzt: Leicht kann man sich ein Leben schönreden oder schönreden lassen…)

Nachmittags Besuch des botanischen Gartens von Wonsan: Diverse Sorten von Kiefern und Ahornen stehen dort, aber auch Magnolien, Paranussbäume und Flieder, das schönste aber: Buchsbaumhecken, zu koreanischen Buchstaben geformt und die zu Worten gefügt, darunter so treffende, wie ‚Juche‘, ‚Tempo-Bewegung‘ und ‚Ch'ŏllima‘ (Das-vierhundert-Kilometer-an-einem-Tag-Pferd).

Anschließend geht es auf einen Sprung in ein nahegelegenes, wohl selten von ausländischen Touristen aufgesuchtes Kaufhaus. Die deutschen Bleichgesichter erregen dort großes Aufsehen. Marsmenschen würden nicht mehr bestaunt werden.

Das Abendessen wird wieder im Hotel eingenommen, diesmal in einem gesonderten Raum. Auf Drängen der Gruppe, gefördert von Herrn Hong, steht heute eine koreanische Spezialität auf dem Speiseplan. An Vorspeisen gibt es Fisch und Fuma (ähnlich den russischen Pelmeni), gebratenes Rindfleisch, dünne Kartoffelscheiben mit Fleisch und Gemüse sowie einen Salat aus Möhren, Chinakohl und Campanula-Wurzeln.

Danach bekommt ein jeder der um den langen, ovalen Tisch herum versammelten Gäste in einer großen, blau-weißen Schüssel das Hauptgericht vorgesetzt: Eine Nudel aus Buchweizenmehl, gedünstet und in Sesamöl gewälzt. Nur eine einzige, dafür aber eine unzerteilte, scheinbar endlos lange. Dazu gehört eine Soße aus feingehaktem Fleisch vom Rind, Schwein, Fasan und Huhn, gewürzt mit Paprika, Sesam und Knoblauch.

Zusätzlich wird jedem Gast ein Salat gereicht, bestehend aus Fleischklößchen, Zirbelnüssen, Chinakohl, Streifen aus Rettich,

Rindfleisch und obendrauf zwei halben Eiern. ‚Mein Gott‘, denke ich, ‚wer soll das alles essen!?‘ und koste zunächst einmal von der Soße. Die verschlägt mir glatt den Atem und verbrennt die Zunge.

Zong Hong erklärt, dass es sich um ein Festtagsgericht handle, welches auch bei den Koreanern zu Hause nur sehr selten auf den Tisch käme, weil es so aufwändig in der Vorbereitung sei, so viele verschiedene und seltene Zutaten gebraucht würden und es eine hohe Kunst sei, die Nudeln zu einer solchen Länge zu pressen. Er fügt hinzu:

‚Wer die Nudel bis zu ihrem Ende aufisst, in sich hinein schlürft, ohne dass sie abreißt, wird so alt, wie die Nudel in Zentimetern lang ist. Und gegessen wird sie mit Stäbchen!‘

Dann wünscht er uns auf Koreanisch einen guten Appetit: ‚mashissge deseyo‘ geschrieben ‚맛있게 드세요‘.

Der Anfang der Nudel wird gesucht, mit den Stäbchen zum Munde geführt und schlürfend eingesogen, Zentimeter um Zentimeter heruntergewürgt, wobei die Nudel mit den zusammengepressten Lippen gehalten und mit den Stäbchen kontinuierlich nachgeführt wird. Das gelingt ganz gut, wenn man einmal von den Soßenflecken auf dem Hemd und dem weißen Tischtuch absieht.

Es ist ein Gaudi; man könnte sich ausschütten vor Lachen, bestünde nicht die Gefahr des Nudelrisses, des Verschluckens oder schlimmstenfalls des Erstickens an Nudel und scharfer Soße, vor dem Herr Hong ausdrücklich warnt.

Am Ende sind alle Schüsseln gelehrt, nicht von allen vorschriftsmäßig und mit dem erwünschten Resultat, aber doch mit viel Spaß an der Sache. Nur Zwei brachten nicht genügend Humor und die für das Essen mit den sperrigen Stäbchen erforderliche Geduld auf: Ehepaar Sch. ließ sich Messer und Gabel kommen. Auf meinen scherzhaft gemeinten Hinweis hin, dass das ein Stilbruch sei, antwortet die Frau: ‚Wir können schließlich essen, wie wir wollen!‘

Die wenigen Missmutigen trüben die gute Laune nicht, befördern sie vielmehr. Es wird anschließend derart hemmungslos gewitzelt und ausgelassen gelacht, dass Herr Hong mahnen muss:

‚Etwas leiser, wenn ich bitten darf, man könnte uns draußen hören!‘

Zum Ende des Festmahles hin geht er mit einer Karaffe Reisschnaps von Tisch zu Tisch, schenkt ein, grinst übers Rundgesicht, freut sich augenscheinlich über die gute Laune seiner Gäste und ruft:
‚Geon bae, das heißt Prost!'
Noch einmal nach dem Namen des fabelhaften Nudelgerichtes gefragt, buchstabiert er:‚G-u-k-s-u', profan mit ‚Nudeln' ins Deutsche zu übersetzen."

Eintrag vom 17.10.1982:
„Der Vormittag vergeht mit Spaziergängen am Meeresstrand nahe dem Hotel, dem Suchen nach originellen Muscheln - unter tatkräftiger Hilfe eines Dutzend aufgeweckter Jungen - und einem Bad im abgegrenzten Bereich des Strandes.

Das Mittagessen ist wieder ganz nach unserem Geschmack. Vielleicht hat es sich herumgesprochen, dass die Gruppe überwiegend aus Kennern und Liebhabern der koreanischen Küche besteht. Als die Gerichte serviert werden, lassen unsere lauten Rufe der Bewunderung auch keinen Zweifel daran aufkommen.

Es gibt gekochten Fisch, sehr zart und butterweich, rote Bohnen, Knoblauchkeime mit Sesamkörnern und scharfer Soße gewürzt, dazu gedünstetes Schweinefleisch mit Porree, außerdem eine klare Suppe mit Glasnudeln und Fleischeinlage, weiterhin eine leckere Art Krautgulasch, und es fehlt auch nicht das schwere und dunkle koreanische Bier. Einfach vorzüglich, das koreanische Essen, bei dem es schwerfällt, Maß zu halten!

So bin ich für die Möglichkeit, vor Beginn des Nachmittagsprogramms noch ein kurzes Mittagsschläfchen zu halten, sehr dankbar.

Punkt fünfzehn Uhr fährt der Bus vom Hotel ab: Die Besichtigung einer landwirtschaftlichen Produktionsgenossenschaft steht auf dem Programm. Die ist nach zwanzigminütiger Fahrt in südliche Richtung erreicht. Auf einem zementierten Platz vor dem großen Eingangstor werden wir vom Vorsitzenden und seiner Assistentin empfangen. Er im strengen dunklen Anzug, sie in Landestracht, mit rotem Rock und sehr kleidsamer grüner Bluse.

Die junge Frau bedeutet uns, ihr zu folgen und bleibt nach wenigen Schritten vor einem eingezäunten, innen mit einer Blumenrabatte umgebenen Denkmal stehen. Es ist eine Skulptur, die - keiner aus der Gruppe ist überrascht - den ‚Großen Führer' darstellt. ‚Der weilte mehrmals persönlich hier an Ort und Stelle und vermittelte uns wertvolle Hinweise zur Entwicklung der Genossenschaft', spricht die Genossenschaftlerin. ‚Das letzte Mal war er im Jahre 1976 hier.', ergänzt der Vorsitzende in feierlicher, dem Ort und dem Anlass angemessener Weise.

Wir bewundern das Denkmal gebührend, welches von seiner Größe her auch gut auf dem Marktplatz einer Kreisstadt hätte stehen können.

Nach der Begrüßungszeremonie werden wir zu einem nahe gelegen Hügel geführt, auf dem ein weißer Säulentempel steht. Eine mit weißen, kugeligen Lampen eingefasste Treppe führt hinauf. Oben angekommen, dürfen wir die Sicht auf abgeerntete Reisfelder, Bäume mit orangefarbenen Früchten und auf Blumenbeete genießen.

Anschließend wird der Weg zum Kindergarten der Genossenschaft eingeschlagen. In die zwei Räume, in denen die Kleinsten versammelt sind, dürfen wir durch die geöffneten Fenster hineinschauen. Sicher auf den Besuch der Onkel und Tanten aus dem fernen Deutschland vorbereitet, schauen uns blanke, fast schwarze Äuglein neugierig entgegen. Einigen der Mädchen wurde das glänzend schwarze Haar zu Zöpfen geflochten, die putzig links und rechts vom Kopfe abstehen.

Als wir im Gehen begriffen sind, werden die Kinder mit vor die Tür geführt, um uns von dort aus noch einmal zuzuwinken. Das tun sie und singen dazu mit großer Inbrunst ein kleines Liedchen, immer und immer wieder…

Die Größeren, zu denen wir anschließend geführt werden, sind noch reizender anzuschauen: Sie sitzen auf kleinen bunten Stühlchen um ihre Betreuerin herum und singen gemeinsam ein Lied. Dazu nicken sie mit ihren Köpfchen im Takt einmal nach links und einmal nach rechts, so heiter und eifrig, dass bei den Mädchen die Zöpfe fliegen.

(Wenn das obligatorische Pflichtjahr im Kindergarten so heiter und zwanglos abläuft, wie es hier den Anschein hat, sollte ich meine diesbezüglichen Einwände und Zweifel vielleicht noch einmal überdenken.)

Zum Abschluss des Besuches wird zu einem Imbiss in die Kantine der Kolchose eingeladen. Große gelbe, sehr saftige Birnen stehen in Schüsseln auf dem Tisch, auch Äpfel sind im Angebot und eine uns namentlich nicht bekannte, wohlschmeckende runde Frucht mit gelber Schale.

Der Landwirt unter den Reiseteilnehmern, Herr K., ergreift das Wort, bedankt sich in unserem Namen für die Gastfreundschaft und richtet pro forma noch einige Fragen über den Reisanbau an den Vorsitzenden der Genossenschaft. Dessen Auskünfte sind interessant: Er berichtet, dass die Genossenschaft pro Jahr etwa 8 Tonnen Reis je Hektar erntet und wie dessen aufwändiger Anbau erfolgt:

Zwischen Ende März und Anfang April wird der Boden zur Aussaat vorbereitet; im April erfolgt die Aussaat, maschinell, in Reihen mit gleichmäßigem Abstand. Die Saat wird gründlich gewässert und mit Strohmatten abgedeckt. Ende April bis Anfang Mai werden die Sprosse umgepflanzt. Es folgt mehrmaliges Düngen bis zur Ernte im September. (Wer einmal Gelegenheit hatte zuzusehen, wie mühselig allein das von Hand in gebückter Körperhaltung und dabei mit den Beinen im tiefen Schlamm stehende Umpflanzen der Setzlinge ist, wird die Arbeit der Reisbauern zu würdigen wissen: Zuerst bücken, ein Loch auf dem kleinen Erdwall ausheben, eine Pflanze aus dem Korb nehmen, einsetzen, mit den Händen sorgfältig in der feuchten Erde fest drücken, einen halben Schritt vorwärts stampfen, bücken, das nächste Loch ausheben, die nächste Pflanze aus dem Korb auf dem Rücken angeln, einpflanzen und so weiter, die schier endlose Reihe entlang bis zum Feldrain, und in der nächsten Reihe zurück...)

,Reis, das ist Sozialismus',

zitiert Luise Rinser den großen Führer und ich zitiere sie mit folgender Aussage:

,Der Präsident ist bei den Bauern irgendwo im Land, aber nicht um politische Reden zu halten, sondern über das Reispflanzen zu reden [...] Davon, ob der Reis

rechtzeitig und richtig gepflanzt wird, hängt die Ernte ab, und von der Ernte hängt die Wohlfahrt des Volkes ab und von der Wohlfahrt des Volkes hängt seine Lebensfreude und Arbeitswilligkeit und Gefolgschaftstreue ab.[6]

Das ist Dialektik vom Feinsten, wie man sie normaler Weise erst nach langjährigem Studium des Marxismus-Leninismus erwirbt.

Eintrag vom 18.10.1982:
„Rückfahrt von Wonsan nach Pjöngjang.
In der Teestube Simpjong wird Tee, Ginseng-Likör und Schlangenschnaps angeboten und gekostet. Erstaunlicher Weise geht auch der Schlangenschnaps gut, zumindest so lange, wie das Innere der großen Karaffe durch ein weißes Tuch verdeckt bleibt. Als der Schleier gelüftet wird, sehen alle, was da im Inneren schwimmt: Eine große graue, weiß gepunktete Schlange erwidert die neugierigen Blicke der Betrachter mit ihren toten, milchig-glasigen Augen.

Der freie Nachmittag in Pjöngjang wird für einen Bummel entlang des Flusses Taedong genutzt und für einen Anstieg auf den Moranbong-Hügel, der jedoch schnell angesichts des aufkommenden Gewitters und des durch den Sturm aufgewirbelten Sandes abgebrochen werden musste.

Da bietet sich die Metro als Zufluchtsort an. Runter also in die Tiefe, über die endlos lange Rolltreppe. Treppe und Tunnel sind so tief angelegt, damit sie über die Transportfunktion hinaus im Ernstfall auch als Atombunker dienen können. Haben sich die Pjöngjanger da etwas von den Moskauern abgeguckt?

Mit der nächsten Metro bis zur Endhaltestelle gefahren, nach oben geliftet, einen kurzen Blick in die Gegend geworfen, wieder runter und mit dem nächsten Zug zur anderen Endhaltestelle. Dort ebenfalls auf einen Rundblick mit der endlos langen Rolltreppe nach oben gefahren, anschließend wieder runter in den Tunnel und zum Ausgangspunkt zurück. Und dabei die Ausstattung jedes Bahnhofs bewundert:

---

6 Luise Rinser: Nordkoreanisches Reisetagebuch, Fischer Taschenbuch Verlag, 1984, S. 41

Großformatige, unglaublich bunte Mosaike an den Wänden mit Darstellung der Stadt und ihres Umlandes während der vier Jahreszeiten, prächtige Kristallleuchter an den Decken und heldische Skulpturen auf den Bahnsteigen aufgestellt. So wird die Fahrt zum Erlebnis.

Zwar bleibt die Metro in Koreas Hauptstadt trotz ihrer erstaunlichen (kitschigen) Pracht immer noch deutlich hinter der in Moskau zurück, aber sie entschädigt den Fahrgast für das fehlende Quäntchen an Prunk durch die vielen roten Tafeln an den Wänden mit weisen Sprüchen des ‚Großen Führers‘.“

Myohyang-san – Berg der geheimnisvollen Düfte

Eintrag vom 19.10.1982:
„Um die Mittagszeit geht unser Zug nach Myohyang.
Der ‚Myohyang-san' (Berg der geheimnisvollen Düfte) befindet sich im
Nordosten des Landes, etwa 180 Kilometer von der Hauptstadt
entfernt. Sein Gipfel, der ‚Piro-bong', nach dem ‚Paektu' zweithöchster
Nordkoreas, bringt es auf eine Höhe von 1.909 Metern.
Es gibt zwei Gründe für den zweitägigen, außerplanmäßigen Ausflug:
Der erste, vordergründige, besteht darin, dort die
‚Freundschaftsausstellung' zu besuchen, in der die Gastgeschenke
ausgestellt sind, welche dem ‚Große Führer' von Persönlichkeiten aus
aller Welt überreicht wurden. Diese Ausstellung sollte ausnahmslos
jeder ausländische Tourist gesehen haben!
Zweitens könnte die Gruppe, wenn schon einmal in dieser Gegend,
auch dem ‚Pohyon-Tempel', dem größten erhaltenen buddhistischen
Tempel des Landes, einen kurzen Besuch abstatten.
So ähnlich jedenfalls lautete die Begründung für die erbetene zusätzliche
Exkursion, die der Reiseleiter im Auftrage seiner Gruppe bei Herrn
Hong erbat und die dieser an seine Oberen zur Genehmigung oder –
was eher zu erwarten war – Ablehnung weiter reichte. Irrtum, dem
Antrag wurde stattgegeben.
Nun sitzen wir knappe sechs Stunden im Zug auf der zwar
elektrifizierten, aber eingleisigen Strecke, schauen aus dem Fenster,
treten auch einmal bei einem längeren Halt auf den Bahnsteig hinaus
und kaufen den Frauen mit den bunten Halstüchern Früchte ab.
Und so ließe sich die lange Fahrt durchaus ertragen, umso mehr, als
die Abteile für jeweils vier Personen hell, geräumig und tadellos sauber
sind. Ich teile meines mit nur zwei Personen und kann es mir auf der
breiten, plüschigen Bank bequem machen. Nur, einer meiner
Abteilmitinsassen ist jener unauffällige und schweigsame ‚Student', der
– zusammen mit Herrn Hong – ein Auge auf uns haben soll, wie man
so schön sagt. Wenn beide Personen wachsam wären und nicht nur ein
Auge offen hielten, entspräche das dem bewährten ‚Vier-Augen-
Prinzip'. Zong Hong aber hält beide Augen geschlossen. Er schläft und

schnarcht dabei in so durchdringender Weise, dass mich selbst das Ohropax in den Ohren davor nicht schützen kann. Deshalb ist beinahe die ganze Fahrzeit über nur ein Augenpaar auf mich gerichtet, das des ‚Studenten'.

Unser Hotel in Myohyang ist vom Feinsten: Im traditionellen koreanischen Stil errichtet, liegt es am Berghang inmitten eines großen Gartens mit gepflegtem Rasen und prächtigen alten Bäumen. Am Hotel vorbei fließt ein aus den Bergen kommender Bach in einem Geröllbett. (Kein ‚Rattenexperiment' a la Luise Rinser wird uns das bisschen Luxus verleiden!) Hier kann man sich akklimatisieren und im Geiste auf den bevorstehenden Besuch der ‚Ausstellung der Freundschaft zwischen den Völkern' und den der Tempelanlage vorbereiten.

Erst die Pflicht, dann die Kür, lautet die für den nächsten Tag ausgegebene Losung, also erst in den Freundschaftstempel, danach in den der Buddhisten.

…Der Ausstellungstempel übertrifft unsere kühnsten Erwartungen: Ein klotziger Neubau, sechs Stockwerke hoch, aber gar nicht so hässlich anzuschauen mit seinen Fassaden aus hellem Granit und der schönen Bemalung auf den Unterseiten der breiten Dachüberstände. Eine bronzene, sechzehn Tonnen schwere Eingangstür gewährt Zutritt zum Heiligtum. Dort sind auf 28.000 Quadratmetern die Gastgeschenke zu besichtigen. Was da für ein Sammelsurium zusammengetragen wurde, ist bemerkenswert. Das beginnt beim kleinen Sputnik aus Blech (im Moskauer GUM drei Stück für einen Rubel zu haben) und endet beim Schreibtisch aus Ebenholz, einem Gastgeschenk aus Syrien, an dem jeder Quadratzentimeter mit Intarsien aus Elfenbein, Silber und Obsthölzern verziert ist. Fließend ist der Übergang von Kitsch zu Kunst…

Wir machen gute Miene zum bösen Spiel, lassen uns durch die Ausstellung führen, lauschen geduldig den - durch Herrn Hong übersetzten - Erklärungen des Museumsführers und ich danke zu guter Letzt artig für die Gelegenheit, sich diesen Beweis der Verehrung für den ‚Großen Führer' und die Freundschaft unter den Völkern ansehen zu dürfen und formuliere in diesem Sinne auch den Eintrag für das

Gästebuch. Der erfolgt auf einem separaten Blatt Papier. (Erst einmal prüfen, was der ausländische Gast da geschrieben hat; man muss ja nicht jeden beliebigen Beitrag im prunkvoll eingebundenen Gästebuch abheften.)

Der Pflicht vom Vormittag des Tages kann nunmehr, am Nachmittag, die Kür folgen: der Besuch des ‚Pohyon-Klosters' im Myohyang:

Das Kloster mit dem Tempel ‚Pohyon-sa' wurde in der ersten Hälfte des elften Jahrhunderts, also zu Zeiten der Koryo-Dynastie gegründet. Es entwickelte sich in den folgenden Jahrhunderten zu einem exponierten Zentrum des Buddhismus im Norden Koreas und zu einem Wallfahrtsort ersten Ranges. Seine entlegene Lage und der Status als kulturelles Erbe hielten die USA jedoch auch im Falle dieses Klosters nicht davon ab, es 1951 sehr effizient zu bombardieren und mit Granaten zu beschießen. Dabei wurden einige uralte Gebäude unwiederbringlich zerstört, darunter der ‚Chagyong-Pavillon', mit einem Archiv wertvoller alter Schriften, und der ‚Manse-Pavillon' (der tausendjährige Pavillon).

Der Tempel, zwei der Pagoden und die zum Tempel führenden Tore sind glücklicher Weise nicht getroffen worden bzw. konnten noch rechtzeitig in Sicherheit gebracht werden.

Was blieb, wie der Tempel selbst, ist von unglaublicher Schönheit und zeugt von der Kunstfertigkeit seiner Erbauer und Ausstatter. Der rechteckige Tempel ist unterhalb des geschweiften Daches und im Inneren so kunstvoll, lebendig und farbenprächtig bemalt, dass einem die Augen beim Betrachten übergehen. Florale, figurale und abstrakte Motive in den schönsten Farben gehen ineinander über. Allein dieses Gebäude hat die lange Anfahrt von Pjöngjang und den Opfergang in die Freundschaftsausstellung gelohnt.

Die Haupthalle des Tempels, die ‚Taeung-Halle', wurde ebenfalls zerbombt, aber schon in den siebziger Jahren aufwändig restauriert. In ihrem Inneren sind drei große Buddha-Statuen zu bestaunen, Repliken der ebenfalls bei den Bombardements zerstörten Originale.

Links und rechts des Eingangsbereiches bewachen gute Dämonen das Kloster, der eine mit einem Säbel in der rechten Hand, der andere mit einer gewaltigen, mit Stahlstiften bewehrten Keule.

Die Ausschmückung der Wände und der Decke mit Buddhas, Dämonen und Göttern in leuchtenden Farben, lässt die Schönheit des Originals ahnen und den zur Rekonstruktion erforderlich gewordenen Aufwand.

Stellt sich abschließend die Frage, warum dieser Tempelkomplex, fernab von jeder Wohn- oder Industrieanlage, bombardiert und mit Granaten beschossen wurde? Kollateralschäden? Nein, bewusst herbeigeführt! Warum? Weil Barbaren zerstören, ausmerzen, ausradieren, was dem Gegner lieb und heilig ist. Zu beobachten ist hier eine moderne Version des seit Jahrtausenden von Usurpatoren immer wieder unternommenen Versuches, mit der Kultur und Tradition des Unterlegenen auch dessen nationale Identität auszulöschen. So wie in Mexiko die Spanier, in Brasilien und Afrika die Portugiesen, in Russland die Deutschen und in der Mongolei die Japaner und Sowjets, so versuchten sowohl Japan, als auch die USA, die nationale Identität der Koreaner auszulöschen. (Die US Air Force hatte den Auftrag ,Nordkorea in die Steinzeit zurück zu bomben'.)

Am Frühstückstisch wird die Diskussion vom Vortag fortgesetzt: Geblieben sind dem Lande von vielen hunderten nur etwa 45 Klöster, erfahren wir von Zong Hong., alle anderen wurden zerstört oder in Museen umgewandelt. ,Das übertrifft ja noch die restriktive Politik in der Mongolischen Volksrepublik!', weiß ich aus Erfahrung zu berichten. ,Die ließen wenigsten eine Ausnahme zu, das ,Gandan-Kloster'. Und auch in der UdSSR wurden nicht alle Klöster und Kirchen geschlossen, oder durch Zweckentfremdung entweiht und dem Verfall preisgegeben. Ich habe viele aktive besucht, im ganzen Lande...'

Einer aus der Gruppe fragt Herrn Hong:

,Wie steht es denn mit der Religionsfreiheit in Nordkorea?'

,Ja, selbstverständlich haben wir die! Katholiken und Protestanten dürfen, gleich Buddhisten, ihre Religion ausüben. Das garantiert unsere Verfassung.'

‚Und in den Anfängen, in den Jahren nach dem Kriege, gab es da nicht Christenverfolgung und Totschlag anders Denkender in Nordkorea?‘, wird weiter gebohrt.

‚Nun, darüber gibt es Gerüchte…‘

Ich werfe ein: ‚Da ist von Luise Rinser mehr zu erfahren: Die stellte ihrem koreanischen Reisebegleiter eine ähnliche Frage. Aber Moment mal bitte!‘ Ich eile aufs Zimmer und komme mit meinem Exemplar des Reisetagebuchs der Schriftstellerin an den Tisch zurück, suche und finde die Textstelle.

‚Augenblick bitte… hört mal her!‘, unterbreche ich die Diskussion:

‚Kim, der koreanische Reisebegleiter Luise Rinsers hat auf die Frage nach der Christenverfolgung in Nordkorea folgendes geantwortet. Ich zitiere:

‚Unsere Christen, zu scharfen Antikommunisten erzogen von den Amerikanern, wurden fast eine fünfte Kolonne der USA im Land. Das verstärkte sich natürlich im Koreakrieg [...] Wir mussten sie vertreiben.‘[7]

‚Aber‘, verteidigt sich Zong Hong, ‚steht da drin auch was von den Massakern an der Zivilbevölkerung, welche von den USA und südkoreanischen Verbänden während des Krieges verübt wurden? Tausende haben sie ermordet, die Amerikaner und Südkoreaner: Männer, Frauen, Kinder; ganze Familien, ausnahmslos alle, die verdächtigt wurden, mit den ‚Kommunisten‘ zu sympathisieren. Wie findet ihr das?‘

‚Das wären Kriegsverbrechen…‘, bemerkt Bardolf zögerlich.

‚Das sind Kriegsverbrechen!‘, erwidert Zong Hong.

‚Auch Nordkorea sagt man Massaker an Zivilisten und Gefangenen nach, Morde an Südkoreanern und an eigenen Leuten, sogenannten Konterrevolutionären und eben auch an Christen!‘, versucht Bardolf zu relativieren.

Schweigen.

‚Ja, Verbrechen auch an Christen.‘, versuche ich das Gespräch wieder auf den Ausgangspunkt zurück zu führen:

---

[7] Luise Rinser: Nordkoreanisches Reisetagebuch, Fischer Taschenbuch Verlag, 1984, S. 108

‚Das alles ist lange her!', sagt Zong Hong und klingt ein wenig müde und resigniert. Er ergänzt:
‚Und im Übrigen, das Thema Religion hat sich bei uns zwischenzeitlich von selbst erledigt.'
Ich erinnere mich an eine treffende Passage im Reisetagebuch, blättere aufgeregt darin und finde die Stelle...‚Bitte mal herhören! Herr Hong hat völlig Recht. Das Thema Religionsfreiheit und Christentum stellt sich in Nordkorea gar nicht mehr. Wollt ihr wissen, was Luise Rinser dazu sagt?'

‚Ich denke: Aber Ihr, liebe atheistische Nordkoreaner, Ihr lebt das Christentum. Ihr seid die ‚anonymen Christen'. Ihr liebt das Leben und nennt das: eine sozialistische Revolution machen. Ihr mordet nicht, Ihr macht keine Raubüberfälle, keine Großbetrügereien. Ihr denkt nicht in Geld oder Geldeswert, Ihr lebt einer für den anderen, Ihr habt Lebensvertrauen, Ihr stellt Gemeinnutz über Eigennutz, Ihr unterdrückt keine Arbeiter, Ihr misshandelt nicht Kinder und Frauen, Ihr vergewaltigt keine Mädchen, Ihr setzt nicht Eure Kinder aus, Ihr stellt Euch zur Verfügung dort, wo man Euch braucht, Ihr kennt keine Aggressionen schwerer Art, Ihr wollt den Frieden, den Eures Landes und den der Welt, Ihr wißt noch, was Sozialismus ist und was ‚Kommunismus' sein soll. Plötzlich denke ich: Christus ist ausgewandert nach Nordkorea. Gott ist bei den Atheisten, da ihn die Christen verraten haben.'[8]

Einen Augenblick herrscht erneut Schweigen. Stirnrunzeln. Keiner traut sich zu lachen. Einer bemerkt: ‚Das ist ja stark!'. Fragende Blicke zu Herrn Hong hin: ‚Haben sie das verstanden?'
‚Ja, das Herz dieser Schriftstellerin schlägt für unser Land. Zweimal hat sich der ‚Große Führer' persönlich mit Ihr getroffen und jedes Mal hat er sich lange mit ihr unterhalten.'
Lachen... ‚Gott sei Dank!', atme ich auf:, ‚Die Kuh ist vom Eis!'
Als das Essen auf den Tisch kommt, verstummt das Gespräch. Ein koreanisches ist es, wie es mittlerweile für die Gäste aus Deutschland

---

[8] Luise Rinser: Nordkoreanisches Reisetagebuch, Fischer Taschenbuch Verlag, 1984, S. 109 f.

auch für das Frühstück selbstverständlich ist: Salat mit gerösteten Erdnüssen, Sojaquark, scharfe Farnkrautkeime mit Streifen von kurzgebratenem Rindfleisch, um nur die Vorspeisen zu nennen.

Nach dem guten und reichlichen Essen, mit wohligem Gefühl im Magen und deshalb milde gestimmt, gibt unsere Gruppe auf eine Bitte der Ausstellungsleitung hin, die Staffage ab für einen Dokumentarfilm über den ,Tempel der Freundschaft', jenes monströse Museum, das gestern besucht wurde. Wir haben im Film die Rolle der beeindruckten ausländischen Besucher zu spielen. Das macht den Beteiligten sichtlich Spaß. Da verzichtet man doch auch gern auf ein Honorar!

Den rechten Appetit für das wegen der Rückfahrt nach PY vorgezogene Dinner soll sich die Gruppe beim Aufstieg zum ,Songwon am' (Kleiner Tempel am höchsten Punkt) holen, also beim Besuch eines kleinen Tempels, der sich auf der Spitze eines Berges befindet.

Der drei Kilometer lange Aufstieg führt vorbei an mehreren Wasserfällen mit phantasieanregenden Namen, wie Drachenwasserfall, Zwillingswasserfall oder Diamantenwasserfall. Bei deren Anblick muss die Phantasie auch wirklich bemüht werden: Im hiesigen trockenen Spätherbst sind es leider nur noch Rinnsale.

Auf etwa halbem Wege zum Gipfel – zu mehr reicht die Zeit wieder einmal nicht – wird ein kleines buddhistisches Kloster besichtigt. Links von diesem gibt es ein Quellhaus, dessen Wasser unfruchtbare Frauen befruchten soll. Ob es oral oder vaginal zuzuführen ist, bleibt der Phantasie des Besuchers überlassen.

Noch ganz von der Schönheit der Landschaft und der uralten koreanischen Kultur erfüllt, treten wir am späten Nachmittag die Rückreise nach Pjöngjang an. Die gestaltet sich recht kurzweilig. Außer Zong Hong. (und seinem Schatten) sitzt M. mit im Abteil. Wir attackieren unseren Guide bezüglich der Kulturpolitik seines Landes, behaupten, dass das, was wir bisher an Zeitgenössischem gesehen haben, überwiegend plakativ, bunt, kitschig ist und nicht ernsthaft Kunst zu nennen sei. Belegen diese Behauptung mit Verweisen auf die Bilderschwemme zum Thema ,Kumgangsan', auf die überall herumhängenden amateurhaften Portraits des ,Großen Führers', sowie auf die überdimensionalen Denkmale von ihm. Anschließend nehmen wir noch genüsslich die schrecklich kitschige und propagandistisch überladene Inszenierung der Oper ‚The Song of the Paradise‘ kunstkritisch auseinander.

Herr Hong erwidert auf unsere Suada ein wenig kleinlaut:

‚Das ist eben Volkswunsch und Volksempfinden. Es drückt das revolutionäre Bewusstsein der Massen aus.‘

Ein koreanisches Wunder

Eintrag vom 21.10.1982:

„Heute haben wir eines der viel gepriesenen koreanischen Wunder bestaunen dürfen, eines, welches diesen Namen wirklich verdient: Die Frauenklinik der Hauptstadt. Sie ist in einem modernen, zwölfgeschossigen Gebäude im Stadtzentrum untergebracht. Springbrunnen plätschern vor dem breiten Aufgang zur Eingangshalle. Deren Fußboden ist mit Mosaiken aus Halbedelsteinen belegt. An der Decke hängt ein gewaltiger Kristallleuchter, dessen rundes Mittelteil die Sonne symbolisiert, sprich den ‚Großen Führer', während die kleinen Sattelitenkugeln um jene große Sonne herum wohl das Volk darstellen sollen.

Alle Behandlungsräume, die wir zu sehen bekommen, sind mit der modernsten Technik aus Schweden, Dänemark, Japan, der BRD und den USA ausgestattet, zeigt und erklärt man uns. Alle Operationstische wurden mit Fernsehkameras bestückt. Die Entbindungen können mit deren Hilfe in Farbe aufgezeichnet werden.

Gleich darauf bekommen wir Aufnahmen von einer komplizierten Drillingsgeburt mittels eines Kaiserschnitts gezeigt und dürfen anschließend durch die Fensterscheibe einen Blick auf jene drei Winzlinge werfen, die schlafend in ihren Bettchen liegen.

Auch in einige der Krankenzimmer werden wir geführt. Alle sind sie hell und freundlich, blitzsauber und bestens technisch ausgestattet. Gänge, Zimmer und Interieur wurden farblich und gestalterisch harmonisch aufeinander abgestimmt, die verchromten Armaturen blinken und Sträuße mit frischen Blumen auf den Tischen setzen das Tüpfelchen auf das ‚i'.

Aber warum sind so wenige Patienten zu sehen? Ist die Klinik vielleicht mehr ein Repräsentations-, als ein Nutzobjekt? Das widerspräche allerdings der Statistik, nach der die Einrichtung eine hohe Auslastung haben soll, bei sehr geringer Säuglingssterbequote.

(Ein Gedanke kommt mir beim Gang durch die Räume: Wie würde sich wohl das kleine Landei aus einer der entlegenen Nordprovinzen fühlen, das sich zur Entbindung in diese Klinik verirrt hat? Wie wird sich diese ungewohnte Umgebung, diese Technik, diese Sterilität auf die Geburt ihres Kindes auswirken? Werden die Wehen vor lauter Schreck womöglich zu früh einsetzen oder - im Gegenteil – ausbleiben?)

Am Nachmittag besucht die Gruppe auf eigenen Wunsch das ethnografische Museum, um sich dort noch ein wenig mehr von der traditionellen koreanischen Kunst anzusehen. Und richtig: Da gibt es beispielsweise sehr schöne farbig-glasierte Kacheln aus der Koguryo-Zeit zu sehen (277 vor, bis 668 nach Christus). Auch einige ausgestellte Pinselzeichnungen sind ganz reizend. Selbst die Blätter zu so profanen Dingen, wie der Bereitung von Kimchi und Sojasoße, besonders aber die thematisch anspruchsvolleren, wie einige aus dem fünfzehnten Jahrhundert zur Entwicklung der koreanischen Schrift, sind bewundernswert.

Originell ist auch das alte Kinderspielzeug. Mit einigem davon verfolgte man tiefsinnige Absichten, erfahren wir. Man legte sie den Knaben als Geschenke zu deren erstem Geburtstag auf den Gabentisch: Einen Pinsel, einen Pfeil, eine Geldmünze und eine Schriftrolle. Wonach das Kind zuerst grapschte, das bestimmte dessen künftige Berufsrichtung: Wer zuerst nach dem Pinsel griff, schien für eine künstlerische Laufbahn prädestiniert zu sein. Aus dem, der zuerst nach dem Pfeil langte, könnte möglicherweise ein tapferer Krieger werden, während jener, der die glänzende Münze vorzog, ein guter Kaufmann zu werden versprach. Und wer mit seinen Händchen als erstes die Schriftrolle betatschte, der hatte wohl Veranlagung zum Schriftgelehrten.

Witzig und ebenfalls nicht ohne Hintersinn mutet ein hölzernes Sprungbrett an, welches gern jungen Mädchen aus gutem Hause geschenkt wurde. Das stellte man im Garten des Hauses auf, dicht an der Mauer zur Straße hin. Darauf sollten die, ansonsten streng von der Außenwelt abgeschirmten jungen Töchter wippen und in die Höhe springen, um derart immer mal wieder einen Blick über die ihnen gesetzten, engen Grenzen hinweg auf das wahre Leben erhaschen zu können. Auf die Idee muss man erst mal kommen!"

Panmunjon – gelegen am 38. Breitengrad

Eintrag vom 22.10.1982:

„Ein letzter Höhepunkt der Reise steht der Gruppe bevor: Die Fahrt nach Kaesong, zum 38. Breitengrad. Dort soll dem Ort der Waffenstillstandsverhandlungen zwischen Nord und Süd ein Besuch abgestattet werden. Dazu gab es ein Vorspiel:

Spätabends erhielt ich auf meinem Zimmer im Hotel den Anruf eines gut Deutsch sprechenden Mannes. Der stellte sich nicht vor, begann das Gespräch unvermittelt mit dem Hinweis darauf, dass an jener Stelle, die meine Gruppe Morgen besuchen würde, die Grenze de facto offen, nur symbolisch durch einen schmalen Betonstreifen auf dem Boden angedeutet sei.

Es folgte ein skurriler Dialog, den ich eröffne:

‚Ja, und, was wollen sie damit sagen?'

‚Sind Sie sich aller ihrer Reiseteilnehmer sicher?'

‚Ich kann keinem ins Herz schauen…'

‚Haben Sie vielleicht einen Verdacht?'

‚Nein…'

‚Sie würden eine Menge Ärger bekommen, wenn …'

‚Stopp! Sie sprechen da recht heikle Dinge an. Ich weiß nicht, wer sie sind und ob berechtigt, mir solche Fragen zu stellen. Wenn ja, kommen Sie doch bitte ins Hotel. Ich wüsste gern, mit wem ich spreche…'

Es bleibt einige Sekunden still in der Leitung, dann legt der Anrufer auf und ward nicht mehr gehört und auch nicht gesehen.

Aber er hatte Schaden angerichtet. Ich fing an zu grübeln:

‚Verdammt, wer war das? Vielleicht der Mensch mit dem zweiten ORMIG-Abzug der Teilnehmerliste in deiner Reisegruppe, ein IM (‚Inoffizieller Mitarbeiter der Staatssicherheit')? Wenn ja, wer könnte das sein? Oder kam der Anruf aus der Botschaft? Haben die einen begründeten Verdacht oder ist das nur Routine? Machen die das bei jeder Reisegruppe so?'

Daran schlossen sich folgende ungeordnete Überlegungen an:

‚Vielleicht hat ja wirklich jemand die Absicht… und die haben Hinweise darauf… wollen dir mal auf den Zahn fühlen… Wenn die tatsächlich einen aus der Gruppe verdächtigen, wer käme da in Frage…? Wem wäre es zuzutrauen… woran könnte man die Absicht erkennen… Wie würdest du dich selbst verhalten, wenn… Würdest du Geld mitnehmen, richtiges natürlich, und Wertgegenstände? Wertgegenstände, nein, geht nicht… alle haben doch morgen nur ihre Fotoapparate und allenfalls eine Handtasche dabei … Dann also nur das mitnehmen, was in eine Handtasche hineinpasst …? Nein, ist eher unwahrscheinlich, könnte kontrolliert werden… riskiert keiner… aber Schmuck?… Ja, Schmuck kann man mitnehmen, kann man sogar offen tragen… je mehr und je wertvoller, desto besser…'
Der Gedanke beschäftigte mich:
‚Wer trägt denn in der Reisegruppe welchen Schmuck? Keine Ahnung… oder doch… Monika!!! … Die hat den ganzen Leib voller Klunker… mehrere Ringe an jeder Hand, einige mit großen Steinen… eine dicke goldene Halskette… Wenn das alles echt ist? Oh, mein Gott!' Schlecht schläft, wer mit solchen Gedanken zu Bett geht…"

Eintrag vom 23. 10. 1982
„Busfahrt in Richtung Süden, über Chunghwa, Sariwon, Pongsan und Kumchon nach Kaesong.
Links und rechts der Straße schauen wir auf frisch gepflügte Äcker. Rotbraun, vermutlich stark eisenoxidhaltig ist die Erde.
Wenig später wird die Landschaft hügelig. Wir sehen runde bewaldete Bergkuppen - und davor - Dörfer mit kleinen, weißen Bauernhäusern, gedeckt mit grauen Zementziegeln, wohl Typenbauten.
Auf der Landstraße, wie gehabt, LKW, Busse, vereinzelt auch mal ein PKW, einige Ochsenkarren. Und natürlich Fußgänger, darunter viele Frauen mit Lasten verschiedenster Art auf dem Kopf, auch immer wieder Gruppen von Kindern, lachend und mit zum Gruß erhobenen Armen.
Bauern stehen gebückt auf den Feldern oder sitzen entspannt am Feldrain. Auch auf den schmalen Feldstreifen an den Straßenrändern

sind sie wieder tätig. Niemand treibt sie an. Von Zwang keine Spur – und trotzdem sind selbst die kleinsten Ackerstreifen aufs Beste bestellt.

Heute sieht man zusätzlich zu den Landarbeitern Scharen von Hilfskräften am Werk. Es ist Freitag, der ‚Tag der körperlichen Arbeit‘, der ‚Tag in der Landwirtschaft‘. Da werden die Angestellten, Wissenschaftler und was sonst noch eine überwiegend sitzende Tätigkeit ausübt, aufs Feld abkommandiert, Minister eingeschlossen, weiß Herr Hong zu berichten.

Machen einen entschlossenen und kämpferischen Eindruck, diese Städter, wie sie in ihrem Einheitsblau, laut singend auf die Felder ziehen. Zeugt aber wohl davon, dass auch hier die gesellschaftliche Arbeitsteilung nicht so recht funktioniert. Kommt einem bekannt vor: Wo Land- und Ernteeinsätze der Städter die Regel sind, ist die Landwirtschaft nicht ausreichend mit Arbeitskräften ausgestattet, unzureichend organisiert und wenig technisiert. Und da gibt es zu allem sonstigen Übel noch jene vier Todfeinde: Frühling, Sommer, Herbst und Winter.

Gegen Mittag trifft der Bus in Kaesong ein, der Hauptstadt Koreas von 918 bis 1372, gerade so lange, wie die Kogurjo-Dynastie bestand. Mit Machtantritt der Li-Dynastie wurde die Hauptstadt nach Seoul verlegt, erfahren wir von unserem Guide.

Auch hier werden wir im besten Hotel am Platze einquartiert. Nach erfolgter Zimmerverteilung tritt der Hoteldirektor an mich heran und spricht:

‚Guten Tag, Genosse Reiseleiter! Ihnen wird die Ehre zuteil, das Zimmer mit der Nummer 415 zu beziehen. In diesem Zimmer weilte im Jahre 1972 der ‚Große Führer‘ persönlich und hat an Ort und Stelle wichtige Hinweise gegeben!‘

‚Zong‘, lautet dessen Antwort sinngemäß, ‚sage dem verehrten Genossen Direktor doch bitte, dass ich mich außerordentlich geehrt fühle und mir an diesem geweihten Ort sicher auch etwas Außerordentliches einfallen wird.‘

Punkt 15:45 Uhr fährt der Reisebus vom Hotel ab zur Grenze in Panmunjon. Nach allem bisher Gehörten und Gedachten sehe ich dem

Ort mit großem Interesse entgegen. Aber auch mit gemischten Gefühlen. Und die gehen nicht zuletzt auf den anonymen Anrufer vom gestrigen Abend zurück. ‚Hoffentlich kommt dir keiner abhanden…', denke ich einen Augenblick lang.

Einige Sperren sind zu passieren. Wie bisher überall unterwegs, öffnen sich die Schlagbäume meist schon beim Nahen des Busses, spätestens aber, sobald dessen schrilles Signalhorn ertönt. Das System der Planung und Kontrolle des Verkehrswesens funktioniert in diesem Lande vorzüglich, von den koreanischen Genossen könnten unsere sicher einiges lernen.

Vor dem Eingang zum Grenzkomplex wird die Reisegruppe von einem Hauptmann der koreanischen Volksarmee begrüßt. In einem kleinen Versammlungsraum erläutert der anschließend anhand einer an der Wand hängenden Karte die Lage und Funktion aller Gebäude in der demilitarisierten Zone, darunter auch der für die im Auftrage der NNSC (Neutral Nations Supervisory Commission) dort stationierten kriegsneutralen Armeekontingente. Auf der nordkoreanischen Seite werden die durch Polen und die Tschechoslowakei gestellt, und auf der Gegenseite durch Schweden und die Schweiz.

Er folgt mit der Spitze seines Zeigestöckchens dem Verlauf der Demarkationslinie und führt - gemäß Übersetzung von Herr Hong – dazu folgendes aus:

‚Die geht nicht genau den 38. Breitengrad entlang; der bildete nur bis zum Jahr 1950 punktgenau diese Linie ab. Die heutige Grenze verläuft vom 38. Breitengrad im Westen zum 38,6 Breitengrad im Osten - analog der Kampflinie zum Zeitpunkt des Inkrafttretens des Waffenstillstands.'

‚Dort vorn, die Verhandlungs- und Verwaltungsbaracken', so der Hauptmann weiter, ‚gehören jeweils zur Hälfte Nordkorea und Südkorea. Ein kleiner Betonstreifen teilt sie in zwei gleiche Hälften.' (‚Wie transparent und gleichermaßen ökonomisch im Vergleich zu unseren Grenzbefestigungsanlagen in Berlin!', wäre mir beinahe herausgerutscht.)

Hinunter geht die Fahrt zu den Baracken. Der Hauptmann in einem Jeep mit gelber Flagge vorneweg, wir mit unserem Bus hinterher, ohne Nummernschilder, die vorher abmontiert wurden.

Unten angekommen, wird die Gruppe durch ein nach zwei Seiten hin offenes Verwaltungsgebäude geführt, von dem aus es über eine Treppe in die Verhandlungsbaracke geht. Wenige Meter neben der Baracke stehen auf nordkoreanischer Seite einige Soldaten der eigenen Armee, ihnen gegenüber, nur getrennt durch den kleinen Stolperstreifen auf dem Boden, einige GI's. (‚GI' ist eine gängige Bezeichnung für den einfachen Soldaten der Streitkräfte der USA. Der Ursprung der Abkürzung liegt wohl bei den damals von der US-Armee verwendeten Metallmülleimern, auf deren Boden diese beiden Buchstaben eingestanzt waren, stellvertretend für ‚Galvanized Iron' - verzinktes Eisen).

Alle Uniformierten, auch die nordkoreanischen, geben sich betont lässig.

Zur Linken, etwa zehn Meter von uns entfernt, hält in diesem Moment der Bus eines südkoreanischen Reisebüros. Dem entsteigt eine Gruppe überwiegend blondhaariger Touristen. Man hat uns schon am Vortag davon in Kenntnis gesetzt, dass die Besuche von Touristen an der Demarkationslinie zwischen den beiden Seiten abgestimmt werden, mit dem Ziel, gleichzeitig jeweils eine Gruppe von nordkoreanischer und eine von südkoreanischer Seite in die Verhandlungsbaracke führen zu können. Und, in der Tat, zeitgleich mit uns betreten durch die gegenüberliegende Tür die eben mit dem Bus angekommene Touristen die Baracke.

Die Gruppen werden zu beiden Seiten des Tisches platziert, jede auf ihrer Seite, getrennt durch die Demarkationslinie, die symbolisch auch quer über den Tisch verläuft.

Den Reiseleitern werden die Sessel der Verhandlungsführer der Waffenstillstandkommission MAC (Millitary Amistice Commission) an den Stirnseiten des massiven Tisches zugewiesen. Sie nehmen dort Platz, begrüßen sich artig auf Englisch und testen pro forma die vor ihnen stehenden Mikrofone, ganz so, als wollten sie sogleich die stockenden Waffenstillstandsverhandlungen wieder aufnehmen. Vor ihnen, neben den Mikrofonen, stehen jeweils eine UNO-Flagge und die Flaggen der Länder der NNSC, also auf der Seite der Nordkoreaner die Polens und der Tschechoslowakei und auf der anderen die Schwedens und der Schweiz.

Die anderen Reiseteilnehmer sind ungeduldig. Sie warten die offizielle Eröffnung der Gespräche durch ihre Reiseleiter nicht ab. Man hat sich bereits als Schwede oder Bürger der DDR geoutet und albert nun quer über den Tisch miteinander, wohl weniger aus Taktlosigkeit, sondern aus einem Gefühl der Befangenheit heraus.

Durch ein offenes Fenster auf der südkoreanischen Seite der Baracke linst ein baumlanger schwarzer GI zu mir herüber und grinst, als ich seinen Blick erwidere. Dann beginnt er ungeniert in den Raum hinein zu fotografieren.

Und jetzt passiert etwas ganz Unerwartetes: Die Verhandlungsführer, sprich Reiseleiter, beider Seiten werden aufgefordert, ihre Plätze miteinander zu tauschen. Der von Nord soll auf den Platz dessen von Süd und umgekehrt. Zögernd folgen die Beiden der Aufforderung.

‚Was soll das denn werden?‘, denke ich, ‚Wollen die damit andeuten, dass beide Seiten gedanklich auch einmal die Position des Gegenübers einnehmen sollten, einfach, um diesen besser verstehen zu können? Wäre keine so schlechte Idee…‘

Dann kommt schlagartig die Erkenntnis:

‚Mensch, du bist ja drüben in Südkorea! Wenn du jetzt aufstehst und durch die Tür hinter dir gehst…?‘

Und gleich danach schreckhaft der Gedanke:

‚Was macht deine Gruppe? Wo ist Monika?‘

Ein Blick zu ihr hinüber beruhigt mich: Monika sitzt wie es sich gehört auf der rechten Seite des Tisches, kurz vor der Demarkationslinie, hat die Ellbogen ungeniert auf den Tisch gestemmt und lacht gerade ihr typisches Lachen. Vielleicht belustigt sie ihr deutscher Nachbar oder der ihr schräg gegenübersitzende Schwede…

‚Die hauen nicht ab!‘, bin ich mir jetzt sicher, und wende mich erneut an den Schweden, der am anderen Ende des Tisches sitzt. Es ist laut im Raum, alle reden durcheinander, so dass wir uns kaum verständigen können.

Herr Hong bittet um Ruhe und verkündet, an uns gerichtet:

,Es darf geknipst werden!'

Einige Minuten später werden die beiden zeitweiligen Leiter der Waffenstillstandskommission gebeten, wieder ihre ursprünglichen Plätze einzunehmen. Schade, denen blieb nicht die Zeit, sich auch nur über die Grundzüge eines Friedensvertrages zu verständigen, den beide Seiten doch so dringend brauchten.

Wenig später verlassen wir die Barackenzeile. Unsere Gruppe wird zurück in das Gebäude mit dem Versammlungsraum gefahren. Dort wird Tee gereicht und der Hauptmann beantwortet Fragen der Reiseteilnehmer. Unter anderem erfahren wir, dass
- es keinerlei Verkehr zwischen Nord und Süd gibt, nicht per Bahn, nicht per Bus, nicht per Auto oder zu Fuß,
- die vier Meter hohe Betonmauer entlang der Demarkationslinie, mit Ausnahme der Verhandlungsbaracken, seitens Südkoreas errichtet worden sei, als Ausgangsbasis für künftige Angriffe auf den Norden, aber auch, um die vielen armen Teufel, die von Süd nach Nord wollten, an der Flucht zu hindern,
- auch die höchste Mauer überwunden werden könne und auch schon mehrere Male von Südkoreanern überwunden wurde, die nach Nordkorea wollten,
- die USA, trotz Verbotsklausel, schwere Waffen in der zwei Kilometer breiten demilitarisierten Zone stationiert hätten.
Ich sehe keinen Grund, ihm das nicht zu glauben, habe Nordkorea erlebt und kann dessen Anziehungskraft auf Außenstehende nachvollziehen, habe Berichte über die politische Krise in Südkorea gelesen, über die schlechte Wirtschaftslage dort und die wachsende Unzufriedenheit unter den davon besonders hart betroffenen Menschen. (Oder lasse ich mich auch schon in Honig tauchen und anschließend in zarte Weinblätter einwickeln, wie vor mir manche gutgläubigen Besucher aus dem anderen Teil Deutschlands?)

Vom Balkon des Verwaltungsgebäudes aus dürfen wir noch einmal hinunter auf die Baracken schauen, in denen vom 25. Oktober 1951 bis zum 27. Juli 1953 verhandelt wurde, und auch noch ein Stück weiter darüber hinaus ins südkoreanische Hinterland.

Ich bedanke mich im Namen der Reisegruppe für die Führung, bin noch sehr beeindruckt vom eben Erlebten und drücke mich deshalb vielleicht weniger blumig und distanziert aus, als gelernt.

Am Ende der demilitarisierten Zone hält der Bus noch einmal. Zong Hong und ich werden gebeten auszusteigen. Der Hauptmann will die Besucher verabschieden. Er stellt sich neben uns, lässt seine paar Soldaten antreten, grüßt militärisch, konterkariert aber mit einem liebenswürdigen Lächeln das strenge Procedere.

Der Besuch Panmunjons beschäftigt mich gedanklich während der Rückfahrt nach Kaesong. Ich überlege:

,Was von dem dir Aufgetischten kannst du glauben? Was ist Dichtung, was Wahrheit? Wer hat denn nun wirklich den Krieg begonnen und mit wessen Unterstützung, auf wessen Veranlassung hin, und suchten nicht beide Seiten die Auseinandersetzung?

Was ist dran an den gegenseitigen Vorwürfen über Massaker an der Zivilbevölkerung, der von beiden Seiten verfolgten ,Politik der verbrannten Erde'?

Haben die USA wirklich diese ungeheure Menge an Bomben auf das Land abgeworfen und Napalm eingesetzt?

Können die Koreaner nach dem, was sie sich gegenseitig angetan haben, jemals wieder zusammenfinden?

Du weißt zu wenig!'

Und zu guter Letzt: „Die heilige Suppe"

Eintrag vom 24.10. 1982:
„Nach dem Frühstück Rückfahrt von Kaesong nach Pjöngjang bei strahlendem Sonnenschein, aber Temperaturen wenig über null Grad. Wir frieren beim Einsteigen, wir frieren im Bus, beim Stopover an der Teestube und – trotz Pullover und Jacke – noch in Pjöngjang. Vor vierzehn Tagen noch hemdsärmelig, tragen die Menschen, denen wir auf den Straßen begegnen, jetzt Pullover, dicke Jacken, Mützen oder Kopftücher. Der Winter meldet sich an.

Auf dem großen freien Platz zwischen Hotel und Sporthalle wieder ein Riesenaufgebot an Kindern. Die studieren eine Massenübung ein, bewegen sich einheitlich im Takt einer kämpferischen Musik, schwenken farbige Tücher, Ringe und Farbtafeln, folgen exakt den Kommandos ihrer nur wenig älteren Leader, sitzen gruppenweise in Reih und Glied auf der Erde, dick vermummt in Mäntel, Jacken, Mützen, Tücher, von denen sie sich schnell befreien, sobald sie einen Fotoapparat auf sich gerichtet sehen. Der Fremde soll sie doch in ihrer kleidsamen Schultracht sehen und nicht im fadenscheinigen Mantel.

Neben ihnen liegen in mustergültiger Ordnung ihre Einheits-Schulranzen, aus Kunstleder, glänzend, schwarz-rot.

Sicher haben die Kinder grundsätzlich Freude an diesem Spektakel, aber bei der Kälte?

Nach dem Abendessen, kurz vor zwanzig Uhr, dringen die Kommandos vom Platz unten immer noch bis zu mir hinauf in den zwölften Stock. Und als ich gegen 22:00 Uhr von Nachtaufnahmen in der Stadt gegen ins Hotel zurückkomme, üben die Jungen und Mädchen in der Frostnacht auf dem Festplatz unentwegt die vorgegebenen Bewegungsabläufe.

Kein Zweifel, hier hört der Spaß für die Kinder auf, hier beginnen Dummheit und Rücksichtslosigkeit der Initiatoren! Wie sehen das eigentlich die Eltern?

Eintrag vom 25.10.1982:
„ Letzter Tag, letzte Veranstaltung: Besuch des ‚Großen Studien-
palastes des Volkes':
Groß, größer, am größten! Der Fußboden des überdimensionierten
Foyers ist aus Marmor, mit Halbedelsteinen intarsiert, zu farbigen
Blumenmustern gefügt.
Wir besichtigen Lern-, Lehr- und Leseeinrichtungen, Phonotheken und
Tonkabinette, ausgestattet mit modernster japanischer Technik, lassen
uns das computergestützte Ausleihsystem vorführen, sind beeindruckt
von der extrem kurzen Zeit zwischen dem Aufruf einer Signatur über
die Tastatur der Bedienkonsole und der automatischen Bereitstellung
des Buches aus einem Bestand von über dreißig Millionen, staunen
erneut über Räumlichkeiten und das Equipment - loben den
‚Studienpalast' gebührend gegenüber der Mitarbeiterin, die uns
herumführt. Die erklärt stolz, dass es sich bei diesem nicht schlechthin
um eine Bibliothek handle, sondern um eine Volkshochschule mit
vielfältigstem Bildungsangebot.
‚Volkshochschüler' sehen wir keine. Überhaupt kaum Besucher.
   Gut, es ist Vormittag, da werden viele Erwachsene arbeiten.
Gearbeitet wird aber doch überwiegend im Dreischichtbetrieb, hat man
uns erzählt, und gelernt wird infolge des Mangels an Schulen in zwei
Schichten.
Wo sind dann jetzt, zur besten Vormittagsstunde, jene Werktätigen, die
Nachmittagsschicht oder Nachtschicht haben, wo sind die Schüler und
Studenten der Nachmittagsschicht, wo ist der bildungsinteressierte Rest
des Volkes, der heute seinen freien Tag hat?
Genug Volk mit freier Zeit an diesem Vormittag gibt es mit Sicherheit.
Kann das nicht, will das nicht, nicht oder darf das nicht in den ‚Großen
Studienpalast des Volkes'?

Auf der Speisekarte für das Dinner steht heute die ‚Heilige Suppe',
Höhepunkt der koreanischen Küche und Abschiedsessen für uns
zugleich. Wir werden in einen eigens uns vorbehaltenen Raum gebeten
und nehmen dort an einem mittig stehenden, großen ovalen Tisch Platz.
Zong Hong führt uns in die Besonderheiten der Zubereitung des

Festgerichtes ein: ‚In einem Metallgefäß mit Deckel, einem russischen Samowar ähnlich, wird der freie Platz zwischen Wandung und Wärmezylinder mit Fleisch und Gemüse verschiedenster Art gefüllt; Fleisch vom Rind, Schwein, Fasan und Huhn sowie Trepang, Gingko-Nüssen, Zirbelnüssen und Sesamkörnern. Je nach Anlass und Verfügbarkeit gehören dreißig bis siebzig Zutaten zur ‚Heiligen Suppe', erfahren wir. Herr Hong weiter: ‚Das alles wird mit System und Bedachtsamkeit um den Zylinder des Gefäßes herum aufgeschichtet, dann wird es von unten mit Brennspiritus beheizt. Derart wird das Gericht unter den Augen der Gäste gegart…Nach dem Erlöschen der Heizflamme, dem Abbrennen des in wohlproportionierter Menge zugeführten Brennstoffs, ist es fertig!'

Tolles Timing: An dieser Stelle seiner Erläuterungen angekommen, weist Zong Hong auf das große Gefäß in der Mitte des Tisches und fährt fort: ‚Jetzt kann der Deckel des Gefäßes gelüftet, die Speiserolle entnommen, in Portionen aufgeteilt und den Gästen in Porzellanschüsseln serviert werden.'

Das besorgen nunmehr auf seinen Wink hin liebreizende Mädchen im kleidsamen ‚Tschima Zogori'[9], der traditionellen koreanischen Rock-Jacke. Es dauert…

Wir füllen derweil nach Belieben schon einmal etwas Reis in unsere Schüsseln. Während ich auf meine Portion aus dem ‚Samowar' warte, mustere ich verstohlen die vielen zusätzlichen Köstlichkeiten, die auf dem Tisch stehen und bestimme im Geiste Umfang, Rang und Reihenfolge von deren Verzehr. Beschließe, alles von der Kapazität und Stabilität meines Magens abhängig zu machen. Esse, trinke, schnaufe.

---

[9] Der ‚Tschima Zogori', die traditionelle Tracht der Koreaner, soll auf die Zeit der Mongolenherrschaft im 13. Jahrhundert zurückgehen. Die Frauen tragen weite Röcke, die oft bis auf den Boden hinab fallen. Besonders ins Auge fällt die kurze, vorn schräg geschnittene Jacke, die durch eine breite Schleife zusammengehalten wird. Meist ist diese Jacke aus Seide und mit Mustern bestickt: Vögeln, Blumen, Szenen aus dem Landleben.

Pausiere. Beobachte meine Tischgenossen. Esse weiter, trinke weiter. Stoße irgendwann übersatt auf und lege die Stäbchen beiseite.

Die Augen wollten wieder einmal mehr als der Magen…

Ein Verdauungsspaziergang führt mich gegen dreiundzwanzig Uhr erneut an den auf dem Festplatz übenden Kindern vorbei. Es scheint so, als seien die Gruppen schon ein wenig ausgedünnt, aber tapfer übt eine Mehrzahl bis hinein in die kalte Oktobernacht. Ich überlege: ‚Wenn hier schon die Kinder so zäh und ausdauernd sind…'

Eintrag vom 26.10.19 1982:

„Infolge der Verabschiedung einer Delegation aus Pakistan verschiebt sich unser Abflug nach Moskau um einige Stunden. Die nutzen M. und ich für eine Fotopirsch zum ‚1. Kaufhaus', dem wohl größten in der Hauptstadt.

Wir beziehen Posten in der Nähe des Ausganges und richten die Kameras mit den Teleobjektiven auf das schmucke Bauwerk. Fotografieren wollen wir aber nicht das Gebäude, wie es den Anschein haben soll, sondern die Menschen, die es nach dem Einkauf wieder verlassen. Nicht ganz korrekt ist das, zugegeben, aber eine der wenigen Möglichkeiten, hier Menschen zu fotografieren, ohne dass diese sich angesichts des Fotografen entweder abwenden, oder aber eine unnatürliche Haltung einnehmen.

Am Interessantesten sind die alten Menschen: Männer mit kurzgeschnittenem, grauen Haar, mit oder ohne Bart, in ihrer hellen, traditionellen Kleidung, bestehend aus Hose und Jacke, Frauen oft auch noch im ‚Tschima Zogori'. Und sie sehen würdevoll aus mit ihren gebräunten, runzeligen Gesichtern. Diese Menschen bräuchten sich nicht abzuwenden. Die müssten sich nicht verbergen. Im Gegenteil, mit denen ließe sich Staat machen!

Von den Mädchen und jungen Frauen tragen nur noch wenige die traditionelle Kleidung. Die bevorzugen diese geschlechtslosen, einfarbigen Jacken im ‚Mao-Look'. Mit denen kleidet sich auch die männliche Jugend. Männer tragen oft auch dunkle, unmöglich geschnittene Anzüge aus einer glänzenden synthetischen Faser.

…Beim Anblick dieser uniformierten Gestalten nimmt der Fotograf gelangweilt die Kamera herunter, um sie ganz schnell wieder in Augenhöhe zu bringen, wenn er einer Frau im ‚Tschima Zogori' gewahr wird oder einer Mutter, die mit ihrem, auf den Rücken geschnallten Baby, dem nahegelegenen Eingang der Metro zustrebt. Oft schläft das Kleine, die Füße in Grätsche an den Mutterleib gepresst, mit nach hinten gefallenem Köpfchen und offenem Mund.

Ähnliches Interesse wecken nach wie vor jene Frauen, die selbst mit schweren Lasten auf ihren Köpfen noch graziös aussehen und ausschreiten. Nur muss ein Foto von denen sehr schnell und unauffällig gemacht werden. Sobald sie auch nur von Weitem einen Ausländer mit Fotoapparat ausmachen, nehmen sie die Last vom Kopf herunter und unter den Arm.

(Ist hier möglicherweise die Antwort auf die Frage zu finden, warum angeblich so viele koreanische Frauen ‚O-Beine' haben? Und wenn das stimmt: Ist es vielleicht eine Folge der Haltung, die sie als Babys auf dem Rücken der Mutter einnehmen mussten oder eher Ergebnis des Tragens schwerer Lasten auf dem Kopf? Gibt es gar ein spezifisches koreanisches ‚O-Bein-Gen'? Könnte doch sein. Kann aber auch sein, dass die Beinchen den Babys schon im zarten Alter absichtlich so verbogen wurden, weil das einmal als besonders weiblich galt. Keine Ahnung, wer klärt uns darüber auf?)

Gegen Mittag wird die Gruppe vom Hotel abgeholt und zum Flughafen gefahren. Check-in und Personenkontrolle verlaufen problemlos. Die Zollbeamten verzichten darauf, sich den Inhalt der schon ungeöffnet nach verwesenden Seesternen stinkenden Koffer zeigen zu lassen. Artenschutz wurde zu jener Zeit in Nortdkorea noch kleingeschrieben.

Nach knapp neun Stunden Flugzeit landet unsere Maschine in Moskau. Entfernung Pjöngjang - Moskau rund siebentausend Kilometer, Zeitunterschied sechs Stunden."

Fazit

Fast alle meine Vorbehalte und Vorurteile gegenüber dem Staat Nordkorea bestätigten sich:
Das System ist autokratisch. Alles ist auf den einen Führer zugeschnitten. Die Folge ist ein übersteigerter Personenkult, eine Uniformität der Gesellschaft und, daraus resultierend, Unterwürfigkeit der Menschen. Indoktrination ist an die Stelle freier Meinungsbildung getreten, staatliche Lenkung an die Stelle von Kreativität und Eigenverantwortung, Kollektivität an die von Individualität. Nicht Selbstverwirklichung bestimmt den Platz des Menschen in der Gesellschaft, sondern der Staat.

Die Geschichte des Landes wird geschönt und einseitig interpretiert, seine jahrtausendalte Tradition kaum gepflegt. Kunst für sich hat keinen Wert. Als Auftragswerk und fast ausschließlich ideologischen Zielen dienend, verkommt sie zu Kitsch.

Die Wirtschaft des Landes ist stark unterentwickelt und der Lebensstandard des überwiegenden Teils der Bevölkerung deshalb sehr niedrig. Das Wirtschaftssystem ist ineffizient. Es fehlt an Organisation, Technik und Technologie. Mangelwirtschaft und Versorgungs-engpässen sind die Folgen.

Das ist aber nur die eine Hälfte. Die zweite sieht wie folgt aus:
Wie man die Juche-Ideologie auch immer bewertet, die Mehrheit der Menschen im Lande scheint an sie zu glauben. Und Glauben ist überlebenswichtig in Zeiten des Umbruchs und materieller Not. Diese Ideologie füllt eine Lücke, bedient ein Bedürfnis, ersetzt inzwischen weitestgehend die Religion.

Und die Menschen verehren Kim Il-sung ganz offensichtlich, dessen Lehre klug an den Konfuzianismus anknüpft: Beiden Lehren und den auf sie zurückgehenden Lebensweisen gemeinsam ist die Forderung nach Untertanentreue, Folgsamkeit und Respekt. Im Konfuzianismus wird das gegenüber dem Kaiser, König, Stammes- oder Familien-oberhaupt gefordert, in Juche gegenüber dem Führer. Personenkult muss unter diesen Bedingungen nicht künstlich erzeugt werden, der stellt sich bei einem charismatischen, volksnahen Führer von selbst ein.

Wieviel in Nordkorea davon gewollt ist und staatlich gefördert wird, und was „aus dem Volke" kommt, ist schwer zu sagen.

Die Nordkoreaner sind sich vermutlich weitgehend ihrer Unfreiheit nicht bewusst. Sie kennen es nicht anders. Also stoßen sie sich auch nicht daran. Viele von ihnen haben sicher nicht einmal die Verfassung ihres Landes gelesen, die ihnen – zumindest theoretisch - sehr weitgehende Rechte einräumt. Was sie nicht kennen, das fehlt ihnen auch nicht, weder an Freiheiten, noch an materiellen Gütern: Luxus ist ein Fremdwort für sie, eingeschränkte Bewegungsfreiheit stört sie wenig, sie sind bodenständig. Und Reisen ins Ausland kommen ihnen gar nicht erst in den Sinn. (Mit einer Ausnahme: Ihre Verwandten in Südkorea würden sie gern wiedersehen!)

Das wenige, was sie zum Leben brauchen, haben sie: Geborgenheit in der Familie und in der Gesellschaft, garantiert Arbeit, ein Dach über dem Kopf, die tägliche Portion Reis und auch mal ein Bier oder einen Schnaps. Sie ordnen sich willig ein, machen ihre Arbeit dort, wo man sie hinstellt. Und sie sind stolz auf die vermeintlichen und realen Errungenschaften ihres Landes.

Aus unserer Sicht mag ihre Welt auf dem Kopf stehen. Das hindert sie jedoch nicht daran, sich im Einklang mit der Natur und den gesellschaftlichen Erfordernissen zu fühlen, soweit ihnen derartiges in den Sinn kommt. Warum sollten wir nicht einmal die Bescheidenheit, Genügsamkeit und Loyalität der Nordkoreaner als Tugenden begreifen, die ihnen ein gewisses Maß an Glück bringen? Gönnen wir es ihnen.

Zu einfach? Möglicherweise. Aber man sollte sich davor hüten, das, was man über Nordkorea hört und sieht, nur negativ zu interpretieren. Unser Blick und Urteil taugen wenig, wenn es darum geht, das Wesen dieses Systems und die Befindlichkeit seiner Menschen zu verstehen.

Das System ist a priori keine brutale Diktatur. Es definiert sich gemäß Verfassung als demokratisch und sozialistisch. Die wichtigsten Menschenrechte sind darin verankert., darunter Meinungs-, Presse,- Versammlungs-, Demonstrations-, Vereinigungs- und Reisefreiheit. Was davon bisher gesellschaftliche Realität geworden ist, steht auf einem anderen Blatt…

Nordkorea ist ein außerordentlich schönes und abwechslungsreiches Land, gebirgig und zwischen zwei Ozeanen gelegen. Die Mehrheit der Menschen scheint wenig gebildet zu sein, ist aber freundlich, sympathisch und unglaublich fleißig. Und sehr scheu sind diese Koreaner, teils aus Tradition, teils aus Indoktrination.

Wer will und kann, sollte dieses Land besuchen. Es ist ein Reiseziel erster Güte. Und es scheint sicher zu sein – solange man sich an die vorgegebenen Regeln hält.

Für Politiker, die sich bisher überwiegend abschätzig zu Nordkorea geäußert haben, sollte dessen Besuch zum Pflichtprogramm gehören, als Voraussetzung für ein besseres Verständnis und - davon ausgehend - eine von Respekt und Realitätssinn bestimmte Politik.

Für mich blieben viele Fragen offen. An erster Stelle die nach der Glaubwürdigkeit der Selbstdarstellung des Landes. An zweiter die nach dem offensichtlichen Widerspruch zwischen den verfassungsmäßig garantierten Rechten der Bürger und der Realität

Auch hypothetische Fragen drängen sich auf: Wird das Unwahrscheinliche und Unglaubhafte vielleicht wahrscheinlicher und glaubhafter, wenn man die totale Isolation, Abgrenzung und Abschottung der Nordkoreaner von der Außenwelt berücksichtigt? Empfindet die Mehrheit der Bevölkerung diese Abschottung mit Blick auf die jahrhundertealte Praxis tatsächlich als normal? Resultiert ihr zweifellos vorhandenes Glücksgefühl nur aus Unwissenheit? Begehren sie Wohlstand, technischen Fortschritt, Privateigentum nur deshalb nicht, weil sie keine konkreten Vorstellungen davon haben und keinerlei Vergleichsmöglichkeiten? Ist der „Große Führer" tatsächlich jene integre Persönlichkeit, als die er auftritt und dargestellt wird? Wer hat den mörderischen Koreakrieg denn nun wirklich begonnen?

Und schließlich: Kann man ein Volk im 20. Jahrhundert noch auf Dauer in künstlicher Genügsamkeit und Selbstzufriedenheit halten und vom Rest der Welt abschotten? Was passiert, wenn die über das Land gestülpte Glashaube infolge gravierender gesellschaftlicher

Umwälzungen, Naturkatastrophen oder eines neuen Krieges Risse bekommt oder gar zerspringt?

Wie sagte jemand in einer vergleichbaren Situation: „Ich habe von dieser Reise mehr Fragen als Antworten mitgebracht."

Luise Rinsers Tagebuch? Es hat im Verlaufe der Reise bei mir nicht an Glaubhaftigkeit gewonnen, die Autorin aber an Sympathie. Auch, oder gerade, weil sie das Gehörte so treu- und warmherzig aufnahm. Je mehr man jedoch nachliest, vor Ort selbst erfährt und besser vergleichen kann, desto misstrauischer wird man. Und selbst wenn man glauben wollte, was sie schrieb, so wäre es doch nur die eine Seite der Medaille, auf die sie schaute, die glänzende. Der Blick auf die andere Seite scheint zu flüchtig gewesen zu sein. Es fehlen der „Zweifel an allem", die Prüfung auf Plausibilität und der Widerspruch. Die Schattenseite wird nicht ausreichend aufgehellt.

Das erstaunt den Leser bei einer als scharfsinnig und gesellschaftskritisch bekannten Autorin. Ihre herbe Gesellschaftskritik vermisst man bezogen auf Nordkorea. Die richtet sich in ihrem Tagebuch vorzugsweise gegen andere Länder, etwa die UdSSR und die DDR, insbesondere aber gegen das eigene Land. Es entsteht sogar der Eindruck, sie würde das koreanische Gesellschaftsmodell dem der BRD vorziehen.

„Was siehst Du aber den Splitter in deines Bruders Auge und wirst nicht gewahr des Balkens in deinem Auge?"

(Matthäus, 7.3)

Und aus mangelnder Kenntnis des „realen Sozialismus", beispielsweise dem in der DDR, kommt sie zu Schlüssen, bei denen ihr wohl kaum ein Bürger jenes Landes folgen würde. Aber schmunzeln kann man schon, wenn man liest, wie tapfer sie Nordkorea und dessen „Großen Führer" gegen Unverständnis und Anfeindungen verteidigt:

'Wer dies nicht wahrhaben will, muß wenigstens wahrhaben, dass er eine große Leistung vollbracht hat. Kein anderes Land, zumindest der Dritten Welt hat soviel positive Züge wie Nordkorea: keine Arbeitslosen, keine Wohnungsnot, keine Mafia, keine Korruption, keine Art von Armut, keine Drogensucht, keine nennenswerte Art von Kriminalität, kein Alkoholismus, kein Einsamkeits-Syndrom, keine Chaotik, keine Zerstörung ethischer und humaner Werte. Dies wenigstens muß anerkannt werden, und es ist sehr viel; wir wären froh, wenn es im Westen so wäre. Könnte man eine Einbuße an individueller Freiheit dafür nicht in Kauf nehmen?'[10]

Sicher, Luise Rinser konnte unter den gegebenen Bedingungen das Gehörte und Gesehene nicht ausreichend hinterfragen, geschweige denn die Probe aufs Exempel machen. In der Rolle eines hofierten Staatsgastes, bevorzugt behandelt und perfekt von Außenwelt und Realität abgeschottet, nur im Tross unterwegs und von den ihr zugewiesenen Dolmetschern abhängig, war mehr Objektivität und Wahrheitsnähe nicht zu erwarten. (Und ich war auch nicht viel besser dran!) Immerhin, sie hat es nicht bei einem Besuch bewenden lassen, ist in den Jahren darauf ein zweites Mal in Begleitung von Rudolf Bahro, und ein drittes Mal allein nach Nordkorea gereist. Wohl nicht nur, weil die erneuten Einladungen ihrer Eitelkeit schmeichelten, sondern weil sie ernsthaft interessiert war an dem Land und großen Anteil an dessen Entwicklung nahm.

Es bleibt dabei: Für den Außenstehenden ist es derzeit nur sehr begrenzt möglich, tiefergehende Kenntnisse und Erkenntnisse über Nordkorea zu gewinnen. Vieles bleibt Spekulation. Hat es aber unter diesen Voraussetzungen überhaupt Sinn, darüber zu schreiben? In dem Wissen zu schreiben, dass man zum Gegenstand nur sehr wenig erfahren kann und zwangsläufig an der Oberfläche bleiben muss?
Ja, schon, meine ich, sofern die Ausgangsbedingungen verdeutlicht werden, die engen Grenzen der Objektivität aufgezeigt und kritische

---

[10] Luise Rinser: Nordkoreanisches Reisetagebuch, Fischer Taschenbuch Verlag, 1984, S. 13

Distanz gewahrt wird. Und warum nicht auch das Unglaubhafte mit der gebotenen Skepsis entgegennehmen, um es anschließend mit einem Augenzwinkern an den Leser weitergeben?

Nachtrag

Ich hatte zuerst erwogen, das Tagebuch so stehen zu lassen - als eine Momentaufnahme, zeitbezogen und subjektiv. Wäre das Einfachste gewesen. Aber mein Kenntnisstand ist im Jahre 2021 ein anderer. Nordkorea hat sich vom Anfang der achtziger Jahre bis heute gravierend verändert. Die Führer haben gewechselt: Auf Kim Il-sung (1912 - 1994), folgte dessen Sohn Kim Jong-il (1941 – 2011), und auf diesen wiederum dessen Sohn, Kim Jong-un (1984 -). Zu denen und ihrer Zeit muss etwas gesagt werden.

Gestatten wir uns jedoch ein gewisses Maß an Sarkasmus bei dem Versuch, zu ergründen, ob mit der jeweiligen dynastischen Nachfolge eine Höherentwicklung oder eine Degeneration von Führer, Volk und Vaterland verbunden war.

Die Ära Kim Il-sung

Viel könnte man über Kim Il-sung erfahren, wäre man der koreanischen Sprache mächtig und würde sich die Zeit nehmen, seine gesammelten Werke zu studieren. Jüngst erst wurde der 33. Band neu verlegt, im grünen Einband, der Titel in goldenen koreanischen Lettern.[11] Der „Große Führer" wird er respektvoll von seinen Landsleuten genannt. Verdient er diesen Ehrentitel? Der geht nicht zuletzt auf seine Rolle im „Vaterländischen Befreiungskrieg" Koreas gegen Japan zurück. Den soll er eigenhändig geführt haben. Heute bestehen daran Zweifel: Natürlich, eine Beteiligung am Befreiungskampf spricht ihm niemand ab: 1935 als Politkommissar in der „Vereinigten Nordöstlichen Antijapanischen Armee" tätig und ab 1937 als Kommandeur der 6. Division. Respekt!

Aber danach? Gemäß Wikipedia hat er sich 1940, in der Folge des verstärkten Drucks der japanischen Kolonialmacht, in die Sowjetunion zurückgezogen. Nun gut, man kann auch im Ausland Größe zeigen. Aber im August 1945 soll Kim Il-sung wieder im Lande gewesen sein. Da konnte er doch noch in den Endkampf eingreifen! Wenngleich, viel Zeit blieb dazu nicht mehr: Im September 1945, nach dem kriegsverbrecherischen Abwurf der Atombomben über Hiroshima und Nagasaki, kapitulierte Japan. Und es soll die rote Armee gewesen sein, die nach der späten, sehr späten Kriegserklärung der UdSSR an Japan am 8. August 1945, den noch in Nordkorea befindlichen japanischen Truppen den Garaus machte.

Hat da jemand bezüglich des Anteils Kim Il-sung's am antijapanischen Befreiungskampf Geschichtsklitterung betrieben? Sehen wir weiter:

Klugheit und Energie hat er bewiesen: Es ist primär sein Verdienst, dass aus einem jahrhundertelang unselbstständigen Land, ausgebeutet und unterdrückt, ein souveräner Staat entstehen konnte. Ist es ihm aber auch als Verdienst anzurechnen, dass er gleichzeitig sich und der kommunistischen Partei den absoluten Führungsanspruch sicherte?

---

[11] Complete Collection of Kim Jong Il's Works' Vol. 33 Veröffentlicht 2021-02-07, https://dprktoday.com/abroad/photos?lang=e

Mag sein. Vielleicht gab es dazu seinerzeit keine erstzunehmende Alternative, aber damit wurde eine auf Dauer für das Land verhängnisvolle Autokratie begründet. Als ein Gegengewicht hätte die demokratische Verfassung Nordkoreas wirken können, die bereits im September 1948 in einer ersten Version verabschiedet wurde (gestützt auf einen von Stalin redigierten Entwurf).

Aber wie soll das gehen, ein autokratisches System mit einer demokratischen Verfassung? Gut geht das, wie wir nicht nur am Beispiel von Nordkorea sehen: Nach außen schmückt man sich mit dem Etikett einer freiheitlich demokratischen Ordnung, und nach innen setzt man sie außer Kraft, jeweils soweit, wie es der eigene Machterhalt gebietet.

Außerordentlich geschickt war die Außenpolitik Kim Il-sung's, insbesondere gegenüber den Großmächten UdSSR und China. Klug versicherte er sich in „Freundschaftsverträgen" deren Unterstützung und militärischen Beistand, setze politisch und wirtschaftlich aber mal auf das eine, mal auf das andere Pferd und spielte die beiden „großen Freunde" geschickt gegeneinander aus.

Alles Positive dieser Persönlichkeit wird überschattet durch die Entfesselung des Koreakrieges. Was den „Großen Führer" dazu veranlasst haben mag, ist für den Außenstehenden schwer zu ergründen. Unter anderem war es sicher das Wissen um die militärische Überlegenheit der nordkoreanischen Streitkräfte gegenüber denen Südkoreas. Auch der auf beiden Seiten stark ausgeprägte Wunsch nach Wiedervereinigung dürfte ihn motiviert haben. Und schließlich konnte er sich der Unterstützung Chinas und der UdSSR sicher sein: Undenkbar, dass Kim Il-sung diesen Krieg gewagt hätte, ohne sich der Billigung und militärischen Unterstützung dieser beiden Staaten versichert zu haben. (Warum sollten die auch ihren Vasallen zügeln? Das war doch eine ideale Möglichkeit, inmitten des kalten Krieges einen heißen führen zu lassen, einen „Stellvertreterkrieg", um ihren Machtanspruch zu sichern und zu testen, wie weit die USA wohl gehen würden.) Jedenfalls glaubte er sich wohl mit der von Ihm gegründeten Armee auf der sicheren Seite.

Das strategische Kalkül der Angreifer und ihrer Unterstützer ging nicht auf. Kim Il-sung hat Korea in eine schreckliche Katastrophe geführt: Nordkorea wurde vom Gegner „ausradiert".
Die Zahlen variieren:

Während der drei Jahre des Koreakrieges (1950 – 1953) warfen die USA über dem Territorium von Nordkorea zwischen 450000 und 650000 Tonnen Bomben ab, davon einen beträchtlichen Anteil an Brandbomben (Napalm). Das übertraf an Umfang und Wirkung bei weitem der im 2. Weltkrieg von den alliierten Streitkräften über Deutschland abgeworfenen Bombenlast.

Es blieb auf beiden Seiten des Landes kaum ein Stein auf dem anderen. Für die US Air Force gab es irgendwann keine lohnenswerten Ziele mehr: Die zu ihren Stützpunkten zurückkehrenden Bomber warfen den Rest ihrer Bombenlast wahllos über dem Land ab! (Nach der Genfer Konvention von 1949 gelten derartige „Flächenbombardements" als Kriegsverbrechen!)
Und auch Südkorea wurde Opfer schrecklicher Verwüstungen und Gräueltaten. Der Landkrieg wurde auf beiden Seiten mit größter Erbitterung und Grausamkeit geführt:

Nach annähernd übereinstimmenden Schätzungen starben im Koreakrieg insgesamt mehr als vier Millionen Menschen. Nordkorea verlor 2,5 Millionen, Südkorea und China jeweils eine Million, darunter in der Mehrzahl Zivilisten. Hinzu kamen etwa 40.000 UN-Soldaten (davon 36.914 US-Amerikaner).

Massaker an der Zivilbevölkerung waren System Wie viele der oben genannten Zivilisten von der jeweils anderen, kriegsführenden Partei als angeblich „staatsfeindliche Christen", „gefährliche Kommunisten" oder „Konterrevolutionäre" ermordet wurden, kann ebenfalls nur geschätzt werden. Viele, viele Tausend sind es mit Sicherheit.
Durch den Krieg wurde das Gegenteil der ursprünglichen Zielstellung erreicht: Nicht die Wiedervereinigung beider Staaten, sondern eine Zementierung der Spaltung des Landes.

Und noch etwas sehr Bedenkliches bleibt zum „Großen Führer" anzumerken: Kim Il-sung begründete die Atompolitik Nordkoreas! Er hat sehr früh im Besitz von Atomwaffen das geeignete Mittel gesehen, seine Macht zu erhalten und seine strategischen Ziele zu verwirklichen: Glücklicherweise war er zu Lebenszeiten weder in der Lage, im eigenen Lande Atomwaffen entwickeln zu lassen, noch bekam er welche von der UdSSR. (Obschon, seine Atomphysiker waren im sowjetischen Kernforschungszentrum in Dubna sehr willkommen.)

Wie kann man Kim Il-sung gerecht werden? Schwer für den Außenstehenden, denn der war eine sehr ambivalente Persönlichkeit. Zweifellos hat er sich im Befreiungskrieg gegen Japan und bei der Gründung eines eigenständigen Staates große Verdienste erworben. Berücksichtigt man allerdings, dass er diesen Staat zu einem totalitären System formte und in einen verheerenden Krieg führte, verblasst der Glorienschein über seinem Haupte. (Arme Luise, Armer Wilfried, ihr habt Euch damals ganz schön blenden lassen!)

Die Ära Kim Jong-il

Der begnügte sich nicht mit Attributen, wie groß, geliebt, brillant, weise oder einzigartig. Es schmeichelte seiner Eitelkeit, wenn man ihn „Vater des Volkes", „Lenkender Sonnenstrahl", „Weltführer des 21. Jahrhunderts" oder „Vordenker der Revolution" nannte, um nur einige der Kosenamen und Ehrentitel aus einer langen Liste zu nennen. Hatte er das nötig?

Der Machtantritt Kim Jong-il's stand unter keinem guten Stern.

Ach, hätte er doch besser das Erbe seines Vaters ausgeschlagen, welches dieser ihm nach dem Tode im Jahre 1994 hinterließ. Aber Macht fasziniert bekanntermaßen und korrumpiert das Gewissen.

Im Ergebnis der gesellschaftlichen Umwälzungen Anfang der neunziger Jahre, waren Rückhalt und Unterstützung für Nordkorea seitens der Länder des vormaligen Ostblocks weggefallen. Besonders schwer wog der Verzicht auf Wirtschaftshilfe, insbesondere auf die günstigen Öl- und Lebensmittellieferungen aus der UdSSR. Im Gegenteil, die bestand nachdrücklich auf Rückzahlung der horrenden Schulden aus den gegenseitigen Warenlieferungen und Leistungen, die sich über die Jahre auf nordkoreanischer Seite angehäuft hatten.

Hinzu kam, dass nach dem Übergang der Staaten des Ostblocks zur Marktwirtschaft der Handel, statt wie bisher in Transferrubeln, nunmehr in frei konvertierbarer Währung abgewickelt werden musste. Über Devisenreserven in der erforderlichen Größenordnung verfügte das Land aber nicht.

Das Übel mehrten unverhältnismäßig hohe Rüstungsausgaben, Misswirtschaft und Naturkatastrophen. Die Wirtschaft kollabierte. Die ohnehin sehr knapp bemessenen Erträge aus der Landwirtschaft gingen extrem zurück. Für Nordkorea begann ein „Weg des Leidens": Zwischen 1993 und 1998 sollen bis zu einer Million Menschen verhungert sein. Internationale Hilfe, um die das Land schließlich bat, half ein wenig, das Leiden der Menschen zu lindern.

Bei einem derartigen Erbe war Kim Jong-il gut beraten damit, sich zumindest in den ersten Jahren seiner Herrschaft etwas zurückzuhalten. Er vermied größere öffentliche Auftritte und den Eindruck, in die (zu großen) Fußtapsen seines Vaters treten zu wollen, einerseits wohl aus kalkulierter Bescheidenheit und andererseits, um nicht für Wirtschaftskrise und Hungersnot verantwortlich gemacht zu werden.

In den Folgejahren gelang es, das Land wirtschaftlich und politisch zu stabilisieren. Dazu trug eine Entspannung in den Beziehungen zwischen den beiden koreanischen Staaten bei. (Von wesentlichem Einfluss waren in diesem Zusammenhang Vorbereitung und Durchführung eines Gipfeltreffens zwischen Kim Jong-il und Kim Dae-jung, dem südkoreanischen Präsidenten, welches im Jahre 2000 stattfand. Das Treffen war Beginn der „Sonnenscheinpolitik" Südkoreas gegenüber Nordkorea.)

Erste Reformversuche folgten, darunter eine Währungsreform: Durch eine extreme Abwertung der nordkoreanischen Währung gegenüber dem US-Dollar wurde deren Kaufkraft stark erhöht. Das, und privatwirtschaftliche Anreize, wie die Erlaubnis zum Bewirtschaften von „Küchengärten" (kleinen privat bewirtschafteten Gärten), sollten vor allen Dingen die in der Landwirtschaft Tätigen motivieren, das unzureichende Aufkommen an landwirtschaftlichen Produkten zu erhöhen.

Im Jahre 2003 wurde die erste „Sonderwirtschaftszone" des Landes gegründet, eine zwischen Nord- und Südkorea. Einige Nordkoreaner kamen nunmehr an konvertierbarer Währung heran und - aus erster Hand - auch an Nachrichten über das Leben in Südkorea.

Der Lebensstandard stieg im Lande, wenn auch differenziert. Die sozialen Unterschiede zwischen der obersten Führungsschicht, dem sich in den großen Städten herausbildenden Mittelstand und der Landbevölkerung vertieften sich. Was die einen hatten, wollten nunmehr auch die anderen haben. An die Stelle der Bescheidenheit und Genügsamkeit der koreanischen Unterschicht trat zunehmend Konsumdenken.

Diese Entwicklung war der Führung des Landes suspekt. Sie gefährdete deren Macht. Also begann man zurückzurudern. Zunächst wurde der politische Führungsanspruch militärisch untermauert. Aus der Prämisse „militärische Selbstständigkeit" wurde „Militär zuerst".

Der absolute Vorrang des Militärs vor der Wirtschaft wurde in der Verfassung verankert (Abschnitt IV, Landesverteidigung).

Auch äußere Anlässe bestärkten die Führung des Landes in ihrer Entscheidung, sowohl die konventionelle Rüstung, als auch das Atom- und Raketenprogramm zu forcieren. Einer dieser Anlässe war zweifellos die von der US-Regierung nach dem Anschlag vom 11. September 2001 eingeschlagene Politik: Präsident George W. Bush erklärte den „Krieg gegen den Terror" und bezeichnete Nordkorea in seiner Rede vom Januar 2002 als einen „Teil der Achse des Bösen."

Einen weiteren Anlass bot der unter falschem Vorwand erfolgte Überfall der USA auf den Irak am 20. März 2003, in dessen Ergebnis der Diktator Sadam Husseins gestürzt und der „Nahe Osten" in ein Chaos gestürzt wurde.

Beide Ereignisse mussten Kim Jong-il und die Führung Nordkoreas in höchste Alarmbereitschaft versetzen und für den Ernstfall vorsorgen lassen: Im Jahre 2006 erfolgte der erste und im Jahr 2009 der zweite Atombombentest!

Kim Jong-un und die aktuelle politische Situation

Als Kim Jong-il im Jahre 2011 verstarb, war seine Nachfolge nicht geregelt. Wie Nathan, der Weise, hinterließ auch er drei legitime Söhne. Von denen wurde der Jüngste, Kim Jong-un, a priori, ohne vorherigen Eignungsnachweis, zum Nachfolger auserkoren. Vor dem Tode des Vaters bereits zum „General" ernannt, dann zum „Vorsitzenden der zentralen Militärkommission der Partei", machte ihn diese Kommission noch 2011 zum „Großen Nachfolger der revolutionären Sache des Juche und herausragenden Führer von Partei, Armee und Volk." Seine Berufung zum „Ersten Vorsitzenden der Nationalen Verteidigungskommission" brachte ihm schließlich den Rang „Oberster Führer" ein. Viele klangvolle Titel, viel Ehre, viel Vertrauensvorschuss...

Zunächst einmal ehrte er seinen Vater (und damit sich selbst) durch eine Statue, die er unmittelbar neben der von Kim Il-sung in Pjöngjang aufstellen ließ., gleich groß wie diese und gleich hässlich.

Seinen Machtanspruch förderte er sehr wirkungsvoll durch die bewusste Verbreitung von Furcht unter der Führungsriege. Dazu gehörte der spektakuläre Prozess gegen seinen einflussreichen Onkel Jang Song-t'aaek, der mit dessen Verurteilung und Hinrichtung endete.

Andererseits war ihm wohl bewusst, dass er im Interesse eines Ausgleiches zwischen den Systeminteressen und denen des Volkes die Erhöhung des Lebensstandards voranbringen musste. Diesem Ziel diente die Konzentration der begrenzten Kraft des Landes auf wirtschaftliche Schwerpunkte (hauptsächlich durch Schaffung sogenannter Industriezentren). Verbunden wurde das mit einer vorsichtigen Marktöffnung und Liberalisierung. Auch die Einrichtung weiterer „Sonderwirtschaftszonen", vorrangig mit Südkorea und China, ist unter diesem Aspekt zu sehen.

Die Strategie schien aufzugehen. Das Land veränderte sich. Der Wohlstand stieg. Die Mittelschicht verbreiterte sich. Das soll in Pjöngjang besonders augenscheinlich sein: Gut gekleidete Menschen promenieren auf den Hauptstraßen, sitzen in neu eröffneten

Restaurants oder lassen sich in modernen Frisiersalons ,modische Frisuren' verpassen. Einige der sehr wohlhabenden unter ihnen fahren sogar ein eigenes Auto [12]Und für die breite Masse stehen moderne Nahverkehrsmittel bereit, darunter Trolleybusse. Wie heißt es zu denen in einem Beitrag der Koreanischen Web-Side „DPR" doch so überaus blumig: [13]

„Pjöngjang, 4. Februar (KCNA) -- Neue, selbstgebaute Trolleybusse erfreuen sich nun großer Beliebtheit bei den Bürgern in Pjöngjang, der Hauptstadt der DVRK. Ein solcher Verkehrsmittel ist mit dem engagierten Dienst für das Wohlergehen der Menschen verbunden, den der angesehene Genosse Kim Jong Un leistet, der bestrebt ist, den Menschen bequemere und zivilisiertere Verkehrsbedingungen zu bieten."

Viele Bürger sieht man mit Mobiltelefone auf den Straßen der Hauptstand, und genau wie ihre geltungsbedürftigen Vorbilder im „Westen", halten sie diese als Statussymbol, für jedermann gut sichtbar, ständig in den Händen. Weiter hört man, dass in Pjöngjang mittlerweile sogar Eigentumswohnungen erworben werden können, wenn auch zu sehr hohen Preisen. Auch das es in der Hauptstadt eine Reitschule gibt und in Masik-Ryon, unterhalb des Berges Taehwa Peak, ein modernes Skizentrum betrieben wird.

Es ist offensichtlich: Der Besitz von Konsumgütern stieg.!

„Ein Bild sagt mehr als tausend Worte!": Wer sich auf der offiziellen Web-Side des Landes einmal die „Fotogalerie" anschaut, sowohl deren offiziellen Teil, als auch die „Leserfotos", staunt und kann sich eines Schmunzelns nicht erwehren: Voller Stolz werden dort neue, im Lande hergestellte Produkte präsentiert, darunter Kosmetika, von deren geschmackloser, billiger Verpackung man glaubt, auf den Geruch

---

[12] Zum neuen Mittelstand in Nordkorea vgl. dazu auch Rüdiger Frank: NORDKOREA – Innenansichten eines totalen Staates, Deutsche Verlags-Anstalt, München 2014

[13] https://dprktoday.com/abroad/news/26743?lang=e

schließen zu dürfen.[14] Und - der Autor kann das Lästern eben nicht lassen - selbst Hunde schätzt man in Nordkorea mittlerweile nicht mehr nur wegen der vermeintlich aphrodisierenden Wirkung ihres Fleisches wegen. Bei Damen der Gesellschaft soll es als schick gelten, sich ein Schoßhündchen zu halten.

Aber nun einmal ganz ohne Sarkasmus:
Bei allem sollte nicht vergessen werden, dass der größte Teil der Bevölkerung, insbesondere die in der Landwirtschaft, nach wie vor in sehr einfachen Verhältnissen lebt, zu einem großen Teil – nach unseren Wertmaßstäben – immer noch in großer Armut.
Wie ernst die Versorgungslage in Nordkorea ist, lässt sich aus einer Rede schlussfolgern, welche Kim Jong-un am 10. Februar 2021 auf der „Zweite Sitzung der 2. Plenarsitzung des 8. WPK-Zentralkomitees" hielt:
„Der Generalsekretär sagte, dass die Förderung der Landwirtschaft eine wichtige Staatsangelegenheit ist, die um jeden Preis erfolgreich sein muss, um das Nahrungsmittelproblem für die Menschen zu lösen und den sozialistischen Aufbau erfolgreich voranzutreiben."[15]

Und wie steht es um die Menschenrechte? „Menschenrechte"? Ist das nicht ein Fremdwort in Nordkorea? De facto ja, nicht aber de jure. In der Verfassung des Landes kann man folgendes lesen:[16]
Artikel 46:
„Der Staat garantiert allen Bürgern wahrhaft demokratische Rechte und Freiheiten, ein glückliches materielles und kulturelles Leben [...]'
Artikel 67:
„Die Bürger genießen Meinungs-, Presse-, Versammlungs-, Demonstrations- und Vereinigungsfreiheit. Der Staat garantiert die Bedingungen für die freie Betätigung demokratischer Parteien und gesellschaftlicher Organisationen. "

---

[14] https://dprktoday.com/abroad/photos/category/75?lang=e&page=64
[15] https://dprktoday.com/abroad/songun/1419?lang=e
[16] Sozialistische Verfassung der Demokratischen Volksrepublik Korea, Verlag für fremdsprachige Literatur, Pyongyang 2014

Lange gibt es diese Verfassung schon, könnte man einwenden, der Schnee von gestern… Wie ist dann aber das zu werten: Die KCNA (Zentrale Koreanische Nachrichtenagentur) meldete diesbezüglich am 27. Dezember 2010 folgendes:

„DVRK-Zeitungen fordern strikte Durchsetzung der sozialistischen Verfassung: Führende Zeitungen der DVRK widmen am Sonntag dem Tag der sozialistischen Verfassung Leitartikel. Unter Hinweis darauf, dass die von Präsident Kim Il Sung umrahmte "Sozialistische Verfassung der Demokratischen Volksrepublik Korea" am 27. Dezember, Juche 61 (1972), angenommen und verkündet wurde, nennen die Leitartikel ein historisches Ereignis von epochaler Bedeutung für die Konsolidierung der Republik und die Durchführung der revolutionären Sache von Juche. Die sozialistische Verfassung ist die beliebteste, die den Wunsch und die Forderung der Menschen voll und ganz widerspiegelt und sie als ihre Mission ansieht, ihre Interessen gründlich zu sichern, betonen die Leitartikel."[17]

Bemerkenswert ist das, und zwar nicht nur wegen der erheiternden Formulierungen in der deutschen Übersetzung des koreanischen Textes. Ist das als ein Versuch zu werten, mehr verfassungsmäßige Rechte zu fordern? Ich glaube nicht so recht daran. Es ist und bleibt die Verfassung eines autoritären Systems, welches sich nur nach außen hin demokratisch gibt. Es ist bedrucktes Papier, auf das sich besser kein Nordkoreaner berufen sollte.[18]

Immerhin, eines der Verfassungsrechte kann auf Dauer nicht ungestraft verweigert werden. Das Recht auf „…*ein glückliches materielles und kulturelles Leben*". Mit dessen Gewährleistung steht und fällt das System

---

[17] https://dprktoday.com/abroad/news/26214?lang=e

[18] Ein erschreckendes Beispiel für die Verweigerung elementarster Menschenrechte ist das Verbot jeglicher Art von Kommunikation zwischen den Menschen Nord- und Südkoreas. Das ist selbst für einen ehemaligen Bürger der DDR unvorstellbar: Ein gespaltenes Land mit ausgeprägten familiären Bindungen und keinerlei Kontaktmöglichkeiten, weder telefonisch, noch schriftlich, geschweige denn durch Besuche!

letztlich. Ob und inwieweit auch weitere verfassungsmäßig garantierte Rechte gewährt oder verweigert werden, ist von der jeweiligen militärischen, wirtschaftlichen und politischen Gesamtlage Nordkoreas abhängig.

These: Je stärker äußerer Druck, Drohungen und Sanktionen, desto stärker auch die Einschränkungen demokratischer Rechte und Freiheiten der Bürger im Inneren, je totaler die Abschottung nach außen!

Und umso mehr lässt sich der „Oberste Führer" bejubeln. Der Personenkult treibt neue Blüten. Kim Jong-un gibt gern den „Landesvater", einen, der für das Wohl und Wehe seines Volkes stets ein offenes Auge und Ohr hat und dem es auch nie an guten Ratschlägen und wertvollen Hinweisen mangelt. Das ist großväterliches Erbe. Wie bei den Auftritten von jenem, bricht auch bei denen seines Enkels das begeisterte Volk zuhauf in Tränen aus.

Und noch etwas hat er vom Großvater übernommen und perfektioniert: Die Methode, durch „Brot und Spiele" das Volk bei Laune zu halten. Bestes Beispiel dafür ist das einmal im Jahr im Zentralstadion der Hauptstadt veranstaltete Festival namens „Arirang", benannt nach einem populären koreanischen Volkslied. Ein gewaltiges Aufgebot an Profis und Laienkünstlern bietet den Besuchern ein Erlebnis der besonderen Art: Einen riesigen „Kessel Buntes" aus Kunst, Kitsch, Personenkult und Propaganda.[19]

Insgesamt vielleicht gar keine so üble Bilanz der zehnjährigen Herrschaft Kim Jong-un's, oder?

Wäre da nicht die Rüstungspolitik: Das Land hatte im Jahre 2017 eine Truppenstärke von etwa 1,2 Millionen Soldaten und damit doppelt so viel, wie Südkorea zum gleichen Zeitpunkt. Zusätzlich sollen etwa 5 bis 7 Millionen Reservisten für den Ernstfall bereitstehen, bei einer

---

[19] Das „Festival Arirang" wird sehr ausführlich beschrieben in: „Rüdiger Frank: NORDKOREA – Innenansichten eines totalen Staates, Deutsche Verlags-Anstalt, München 2014"

Einwohneranzahl von etwa 25 Millionen![20] Auch bei Panzern, Kriegsschiffen und U-Booten gibt es teilweise eine mehrfache Überlegenheit des Nordens.

Bezogen auf das jährliche Militärbudget sind die Proportionen interessanterweise umgekehrt: Für Nordkorea wird ein Umfang von 5 bis 10 Milliarden US-Dollar ausgewiesen, für Südkorea von 37,5 bis 43,9 Milliarden US-Dollar.

Trotz unzuverlässiger Datenbasis lassen sich daraus einige Schlüsse ziehen:

· Bezüglich der Truppenstärke ist der bevölkerungsmäßig kleinere Norden dem Süden etwa doppelt überlegen.

· Dafür übersteigen die Militärausgaben Südkoreas um ein Vielfaches die von Nordkorea.

· Die militärische Ausrüstung Nordkoreas ist stark veraltet und das Land kann auch nur in sehr begrenztem Umfang modernisieren. Südkorea dagegen ist auf dem neuesten Stand.

Offensichtlich ist der Norden dem Süden im militärischen Bereich zwar quantitativ stark überlegen, qualitativ dagegen weit unterlegen. Deshalb erscheint es aus Sicht der Führung Nordkoreas nur folgerichtig zu sein, das Atomprogramm weiter zu forcieren. (Das Land dürfte in Kürze über Wasserstoffbomben und über Trägerraketen verfügen, die atomare Sprengköpfe bis auf das Territorium der USA befördern können!)

Auch bezogen auf die konventionelle Rüstung unternimmt Nordkorea offensichtlich große Anstrengungen, gegenüber dem Süden aufzuholen: Interessant ist in diesem Zusammenhang ein Beitrag der Zentralen Koreanischen Nachrichtenagentur vom 6. Februar 2021 unter dem Titel „Erste Panzereinheit von Neu-Korea":

„Pjöngjang, 6. Februar (KCNA) -- Die Kolonne von Prototypenpanzern der revolutionären Streitkräfte der DVRK brüllte am Platz der Militärparade vorbei, der im Januar zum Gedenken an den 8. Kongress der Arbeiterpartei Koreas

---

[20] Vgl. de.statista.com/statistik/daten/studie/167421/umfrage/ gegenueberstellung-der-militaerischen-staerke-von-nordkorea-und-suedkorea/

stattfand und ihre hohe Manövrierfähigkeit und Schlagkraft unter Beweis stellte. Die Panzertruppe, ein Symbol für die Kampfkraft der Koreanischen Volksarmee, entstand von Präsident Kim Il Sung, der nach der Befreiung Koreas von der japanischen Kolonialherrschaft (15. August 1945) die regulären Streitkräfte gründete und stärkte. "[21]

Bedauerlicherweise sind die Spannungen zwischen Nordkorea auf der einen, und Südkorea und den USA auf der anderen Seite während der Amtszeit Präsident Trumps (2016 – 2020) wieder stark angestiegen. Man provozierte auf beiden Seiten und fühlte sich provoziert. Statt Vernunft bestimmte Schizophrenie das gegenseitige Verhältnis.
Versetzen wir uns einmal in die Lage der Führung Nordkoreas:
Die fühlt sich permanent bedroht, provoziert und herabgesetzt. Der „Krieg gegen den Terror", der Überfall der USA auf den Irak und die Rhetorik Trumps haben bei der den Eindruck verstärkt, dass die USA „in Verteidigung ihrer strategischen Interessen" notfalls auch vor einem Angriff auf Nordkorea nicht zurückschrecken würden. Einzig die eigenen Atomwaffen könnten es davor bewahren, glaubt Kim Jong-un. Andererseits dürfte die Führung des Landes in ihrem ursächlichen Interesse kaum dauerhaft an Entspannung interessiert sein. Nein, nur keine Experimente! Positive Veränderungen in den Außenbeziehungen könnten ungewollte Veränderungen im Inneren nach sich ziehen, und die wiederum der Macht der politischen Führung des Landes gefährlich werden. Machterhalt um jeden Preis ist die uneingestandene Devise der Führung Nordkoreas! Das System muss Stärke zeigen. Es muss abschrecken. Es muss sich Respekt verschaffen – auch als Ausgangspunkt für Verhandlungen.

Diese Militanz steht nicht unbedingt im Widerspruch zu der, seit Kim Il-sung's Tagen bewährten Praxis, sich insbesondere Südkorea gegenüber immer mal wieder verhandlungs- und kompromissbereit zu zeigen. Ein Beispiel aus der jüngeren Vergangenheit belegt das:

---

[21] https://dprktoday.com/abroad/news/26781?lang=e

Im Jahre 2018 trafen sich Kim Jong-un und Südkoreas Präsident Moon Jae zu Gesprächen an der Demarkationslinie, zuerst im südlichen Teil, danach im nördlichen. Sie versprachen das Ende der Atomrüstung! Nach 65 Jahren Feindschaft schien eine Versöhnung möglich zu sein. Noch am gleichen Tage folgte eine gemeinsame Erklärung, nach der es „einen Krieg auf der Halbinsel nicht mehr geben wird", und bis Ende des Jahres 2018 das Waffenstillstandsabkommen von 1953 zu einem Friedensabkommen weiterentwickelt werden solle.

Und weiter: Anlässlich der vom Präsidenten Moon auf Einladung Kim Jong-un's angekündigten Reise nach Pjöngjang wollten, so die Erklärung, beide Seiten an einer dauerhaften und stabilen Friedensregelung arbeiten.[22]

Darüber, inwieweit derartige Vorstöße von beiden Seiten tatsächlich ernst gemeint oder eher taktischer Art sind, kann nur spekuliert werden. Jedenfalls ist es bis Anfang des Jahres 2021 weder zu einem Ende der Atomrüstung, noch zu einem Friedenvertrag zwischen den Beteiligten gekommen. (Könnte es sein, dass auch die hinter den Parteien stehenden Großmächte daran kein Interesse haben?)

Wie wetterlaunig und widersprüchlich die Politik Nordkoreas derzeit ist, einschließlich des Verhältnisses zum Süden, belegen die Aussagen Kim Jong-un's auf dem im Januar 2021 in Pjöngjang durchgeführten Parteitag der nordkoreanischen Arbeiterpartei. Dort erklärte er sinngemäß, dass Nordkorea seine Nuklearwaffen nur einsetzen werde, wenn dessen Souveränität durch feindliche Staaten mit Atomwaffen verletzt würde. Er bezeichnete sein Land als einen, zwar international nicht anerkannten, aber dennoch verantwortlich handelnden Atomstaat, der sich an die diesbezüglichen Verpflichtungen halten wird, obwohl er aus dem Atomwaffensperrvertrag ausgetreten ist.

Weiter erklärte Kim Jong-un vor den Delegierten, dass er das Ziel der Wiedervereinigung mit Südkorea - ohne Einmischung von außen - auf der Grundlage früher erzielter Vereinbarungen weiterverfolgen werde

---

[22] Vgl. www.sn-online.de/Nachrichten/Politik/Deutschland-Welt weit/Der-Diktator-Kim-ueberrascht-die-Welt

und äußerte seine Bereitschaft zu diesbezüglichen Gesprächen mit dem südkoreanischen Militär.

Und Kim Jong-un entschuldigte sich bei den Delegierten und beim Volk für die wirtschaftlichen Misserfolge des Landes: Den Tränen nahe, räumte er ein, dass der Fünf-Jahres-Plan zur wirtschaftlichen Entwicklung der vergangenen Jahre nahezu in allen Punkten sein Ziel verfehlt habe. Aber, so tröstete er die Delegierten und sein Volk, man beabsichtige einen wirtschaftlich mächtigen Staat zu bauen. Man werde in ein goldenes Zeitalter des sozialistischen Aufbaus vorpreschen.

„Was für eine Mischung aus Drohung, Schuldeingeständnis und Zukunftsversprechen!", könnte man die Parteitagsrede zusammenfassen.

Deutlich wurde erneut, wie ernst die Versorgungslage in Nordkorea ist. Das lässt auch eine Rede erkennen, die Kim Jong-un am 10. Februar 2021 auf der „Zweite Sitzung der 2. Plenarsitzung des 8. WPK-Zentralkomitees" hielt:

„Der Generalsekretär sagte, dass die Förderung der Landwirtschaft eine wichtige Staatsangelegenheit ist, die um jeden Preis erfolgreich sein muss, um das Nahrungsmittelproblem für die Menschen zu lösen und den sozialistischen Aufbau erfolgreich voranzutreiben. Und weiter betonte er, dass es erforderlich sei „…besondere Anstrengungen zur Lösung wissenschaftlicher und technologischer Probleme zu unternehmen, die eine dringende Lösung für die Konsolidierung der vorhandenen wirtschaftlichen Grundlage und die Verbesserung des Lebensstandards der Menschen, die aktive Entwicklung der neuesten Kerntechnologien und strategischen Technologien und den Aufbau der wissenschaftlichen Forschungskräfte, wissenschaftlichen und technischen Talente erfordern."[23]

Insbesondere die Parteitagsrede des „Obersten Führers" ist eindeutig: Nordkorea wird trotz einer erneuten schweren Wirtschaftskrise an seiner Atompolitik festhalten!

---

[23] https://dprktoday.com/abroad/songun/1419?lang=e

Südkorea reagierte denn auch umgehend mit der Feststellung, dass Kim Jong-un's Äußerungen nicht aufrichtig seien. Die innerkoreanischen Beziehungen seien nach den jüngsten, provokativen Atom- und Raketentests gespannt, das letzte gemeinsame Projekt einer Wirtschaftszone wurde eingefroren. Da ist was dran:

Offensichtlich ist für den Norden derzeit eine Normalisierung der Beziehungen zu Südkorea keine Option. Warum auch: Einer Nachricht des Spiegels vom 2. Januar.2021 ist zu entnehmen, dass die Regierung Südkoreas kurz zuvor in den USA Kampfflugzeuge, U-Boote, ein neues Raketenabwehrsystem und Spionagesatteliten in Milliardenhöhe geordert hätte und sein hohes Verteidigungsbudget um weitere 5,5 Prozent aufgestockt habe.[24]

Wo soll das hinführen!? Verfolgen die Strategen in Washington und Seoul die Absicht, Nordkorea an seinen Rüstungsausgaben ersticken zu lassen? Wäre denkbar. (Hat Washington diese Politik nicht schon einmal verfolgt, nämlich in der entscheidenden Phase des „Kalten Krieges" zwischen den beiden Supermächten? „Totrüsten" nannte sich die Strategie, nach der die USA vorleistete und die UdSSR zwang nachzuziehen, das heißt, die Rüstungsausgaben in einem Maße zu erhöhen, welches ihre wirtschaftlichen Möglichkeiten auf Dauer überstieg und das System schließlich kollabieren ließ.) Wieder kann man nur spekulieren.

Und wenn wir schon einmal dabei sind, kann auch darüber spekuliert werden, welche Entwicklung Nordkorea - ausgehend vom gegenwärtigen Erkenntnisstand - im folgenden Jahrzehnt nehmen könnte:

1. Möglichkeit

Das System hält sich in seiner derzeitigen Form noch auf unabsehbare Zeit an der Macht. Die Rüstungsausgaben steigen weiterhin unverhältnismäßig an; sie übersteigen tendenziell die Wirtschaftskraft

---

[24] Vgl. Katharina Graca Peres: Das Leben des anderen, Spiegel Nr. 1 vom 2.1.2021

des Landes, gehen immer stärker zu Lasten der Erhöhung des Lebensstandards der Bevölkerung.

China toleriert auf längere Sicht nicht mehr die Atompolitik Nordkoreas und veranlasst das Land einzulenken.

Wirtschaftskrisen, Sanktionen, Naturkatastrophen und in deren Folge Hungersnöte destabilisieren das System. Der Veränderungsdruck von innen und außen wird so groß, dass das politische System schließlich aufweicht. Zumal es für die Menschen im Norden eine Alternative gibt: den Anschluss an den Süden. (In der Verfassung Südkoreas ist die Wiedervereinigung mit dem Norden des Landes verankert!)

Wie schnell und unerwartet eine solche Situation eintreten kann, wurde am Beispiel der DDR in den Jahren 1989 und 1990 deutlich. „Wir sind ein Volk!" riefen die Befürworter der Wiedervereinigung. Das könnten auch die Nordkoreaner zu Recht skandieren.

Und eine Wiedervereinigung läge bei dieser Konstellation tatsächlich im Bereich des Möglichen. Voraussetzung wären erfolgreiche „Zwei- plus Drei-Gespräche", Gespräche zwischen Nord- und Südkorea, flankiert von China, den USA und Russland. Und auch dann nur zu den Bedingungen Südkoreas, versteht sich, des mit etwa 100.000 km² zwar etwas kleineren, aber mit 52 Millionen Menschen doppelt so bevölkerungsreichem Land. (Wie sagte doch im Jahre 1990 eine Politikerin aus der BRD, bezogen auf die beitrittswilligen Menschen in der DDR: „Wir nehmen Euch. Aber zu unseren Bedingungen!")[25]

Die große Unbekannte in dieser Rechnung ist China, in dessen Belieben es läge, Wiedervereinigungsbestrebungen zugunsten einer noch engeren Bindung Nordkoreas an sich zu blockieren.

2. Möglichkeit

---

[25] Die Uhr tickt: Auf dem südkoreanischen Bahnhof „Dorasan", kurz vor der Grenze zu Nordkorea, zeigt eine Leuchttafel in Jahren, Tagen, Stunden und Sekunden an, wie lange Korea schon geteilt ist: Mehr als 75 Jahre sind es zwischenzeitlich…

Nordkorea versucht im Kleinen, was China im Großen so überzeugend gelungen ist und was auch in Vietnam erfolgreich praktiziert wird: „Staatskapitalismus", das heißt, Beibehaltung des kommunistischen Einparteiensystems und der Autokratie der Führung, bei gleichzeitiger Liberalisierung und Teilprivatisierung der Wirtschaft. Das könnte auf längere Sicht den Führungsanspruch der Partei der Arbeit und dessen Generalsekretärs, des Autokraten Kim Jong-un, sichern. Was hält den eigentlich davon ab, diesen Weg zu beschreiten?

Ist es das geringe Gesamtpotential des Landes? Steht sich das Regime mit seiner Atompolitik selbst im Wege? Fehlt diesbezüglich die Unterstützung Chinas, weil das wenig an einem Mitbewerber interessiert ist, sondern sich Nordkorea als Pufferstaat an seiner Südgrenze und als Stellvertreter bei eventuellen militärischen Konflikten erhalten möchte? Wobei das eine das andere nicht zwangsläufig ausschließen muss.

Welchen Weg Nordkorea auch immer nehmen wird, China wird ihn entscheidend mitbestimmen! Dennoch, oder gerade deshalb, sollte es sich für den „Westen" im eigenen Interesse verbieten, weiter abzuwarten, halbherzig Sanktionen zu verhängen und ansonsten wie das Kaninchen gebannt auf die Schlange zu starren. Es gibt dringenden Handlungsbedarf, weil

· das Land Entwicklung und Test von Atomwaffen aller Voraussicht nach ungebremst fortgesetzt werden wird,

· die Politik Nordkoreas schizophrene Züge trägt und es deshalb nicht auszuschließen ist, dass dessen autoritäre Führung, in ihrer absoluten Isolation und Überhebung, unter großem Druck Atomwaffen einsetzen könnte,

· die Führung Nordkoreas ihren Machtanspruch nicht freiwillig aufgeben wird und diesen erforderlichenfalls auch um den Preis des Einsatzes von Atomwaffen verteidigen würde,

· aber auch, weil derzeit, wie seit langem nicht, Chancen bestehen, erneut mit Nordkorea in Verhandlungen einzutreten.

Andernfalls könnte Nordkorea endgültig und unumkehrbar an China gehen! Mit Blick auf das politische System Chinas erscheint das keinesfalls wünschenswert; im Gegenteil, für den „Westen" wäre es der Worstcase.

Daraus ergibt sich die Frage, wer seitens des „Westens" diese Verhandlungen führen könnte, welche Optionen es dafür gibt und welche Fehler der Vergangenheit dabei möglichst vermieden werden sollten?

In diesem Zusammenhang könnte zunächst ein Vergleich Nordkoreas mit dem Iran aufschlussreich sein, ein Vergleich von deren Entwicklung, deren Reaktion auf Druck von außen und deren gegenwärtigem Zustand.

Beide Systeme

· gründen sich auf eine indoktrinäre Ideologie, welche individuelle Freiheiten einschränkt und den Anspruch auf Allgemeingültigkeit erhebt. In Nordkorea ist es die Juche-Ideologie und im Iran der schiitisch geprägte Islam;

· leiten aus ihrer Ideologie den Führungsanspruch einer bestimmten politischen oder religiösen Elite und dessen Oberhaupt ab;

· haben sich zwar demokratische Verfassungen gegeben, unterdrücken aber ungeachtet dessen elementare Bürgerrechte in ihren Ländern;

· geben sich demokratisch und lassen ihre Parlamente vom Volk wählen (in Nordkorea die mit wenig Macht ausgestattete „Oberste Volksversammlung" und im Iran das Parlament, dessen Kandidaten durch den „Wächterrat" geprüft und für geeignet befunden werden müssen.);

· versuchen ihre Bürger mittels stringenter Strafgesetze und einer Willkürjustiz zu disziplinieren, schrecken dabei auch vor Schauprozessen öffentlichen Hinrichtungen und Mordanschlägen nicht zurück.

Beide Systeme

· wurden durch Kriege grundlegend in ihrer Existenz erschüttert (Nordkorea durch den Koreakrieg von 1950 bis 1953 und der Iran durch den 1. Golfkrieg von 1980 bis 1988);

werden in bestimmten Intervallen immer wieder beleidigt, verächtlich gemacht und verketzert. (Beide Länder wurden von unterschiedlichen Präsidenten der USA, als zum „Hort bzw. zur Achse des Bösen" gehörend erklärt; Trump drohte Kim Jong-un gar mit dem „Libyen-Modell"!);

· teilen deshalb den Hass auf die USA und erklärten diese zu ihrem Todfeind,

· sehen sich durch fortwährende reale und vermeintliche militärische Bedrohung veranlasst, ihre Rüstung zu forcieren und dem Militär die höchste Priorität einzuräumen. (Nordkorea: „Militär zuerst!", Iran: „Alle Macht den Revolutionsgarden!");

· sind langanhaltenden Sanktionen seitens der UNO und der USA ausgesetzt, die zwar das autoritäre System nicht erheblich erschüttern konnten, aber in vollem Umfange auf die Bevölkerung durchschlugen und diese stets aufs Neue gegen die Verursacher aufbrachte;

· wenden sich letztendlich enttäuscht vom „Westen" ab und suchen Hilfe und Unterstützung bei China (Nordkorea schon seit langem und fast ausschließlich, der Iran erst jüngst in der Form eines Wirtschaftsabkommens, welches bis 2026 ein Handelsvolumen von 55 Milliarden Euro jährlich zwischen den beiden Ländern vorsieht!)

Und beide Systeme

· wurden in einer frühen Phase ihrer wirtschaftlichen Entwicklung zunächst von den Supermächten zum Aufbau einer eigenen Atomwirtschaft ermutigt, bzw. dabei tatkräftig unterstützt,

· Nordkorea 1988 seitens der UdSSR durch die Vorbereitung der Installation von 4 Leichtwasserreaktoren des Typs WWER-640/407 und seitens der USA 1994 durch Lieferung von zwei Reaktoren mit einer Gesamtleistung von 2000 Megawatt (beide Vorhaben wurden jedoch später gestoppt),

· der Iran seitens der USA durch die Lieferung von Nuklearausrüstung und -technologie sowie angereichertem Uranbrennstoff, sowie von Seiten Russland (und lange auch durch

Deutschland) bei Bau und Inbetriebnahme des ersten Atomkraftwerks in der Hafenstadt Buschehr.[26]

· traten 1968 dem Atomwaffensperrvertrag bei und erklärten sich im Ergebnis komplizierter und langwieriger Verhandlung bereit, auf die Herstellung waffenfähigen Urans, sowie die Entwicklung und Weiterverbreitung von Atomwaffen zu verzichten.

· Nordkorea leistete 2008 Verzicht im Rahmen des „Geheimen Atomdeals" mit den USA,

· der Iran verpflichtete sich im Rahmen des Pariser Atomabkommen von 2015 „auf eine höhere Urananreicherung zu verzichten und weitere Schritte zu unternehmen, die es dem Land unmöglich machen sollen, Atombomben zu bauen";

· fühlten sich durch die USA getäuscht, missbraucht und hingehalten, kündigten ihrerseits die Abkommen und begannen an ihren Atomprogrammen weiter zu arbeiten;

· sehen im Machterhalt die oberste Priorität ihrer Politik und sind bestrebt, diesen durch den Besitz von Atomwaffen zu zementieren.

„Wie sich die Bilder gleichen", könnte man in die Arie des Cavaradossi im ersten Akt der Oper Toska einstimmen!

Aber welche Schlüsse lassen sich, bezogen auf die nahe Zukunft, aus der Entwicklung beider Länder und der gescheiterten Politik ihnen gegenüber ziehen?

Zunächst sollte aus den Fehlern der Vergangenheit gelernt werden:

· Drohungen und Einschüchterungen haben wenig Nutzen gezeigt, im Gegenteil, sie verhärteten die Fronten, erzeugten Hass und brachten die beteiligten Nationen unnötig weiter gegeneinander auf.

· Breite, undifferenzierte Sanktionen erwiesen sich im Rückblick als wenig geeignet, die Führung eines autoritär beherrschten Landes zum Einlenken zwingen zu wollen, sie erwiesen sich überwiegend als

---

[26] Vgl. www.waz-online.de/Nachrichten/Politik/Deutschland-Welt/Erstes-Atomkraftwerk-im-Iran-offiziell-eroeffnet

unausgewogen und ungerecht, verfehlen ihr eigentliches Ziel und trafen stattdessen die Bevölkerung des sanktionierten Landes.

· Zusagen sind einzuhalten, internationale Verträge dürfen nicht einseitig gekündigt werden, das führt zu großen Vertrauensverlusten.

· Der Status quo der Verhandlungspartner sollte akzeptiert werden, auch wenn es sich um autoritäre Systeme handelt. Das schließt angemessenen Respekt ihren Führen gegenüber ein.

Als denkbar ungünstigste Voraussetzungen für Verhandlungserfolge erwiesen sich bisher die Unkenntnis der Besonderheiten des Landes, mit dem verhandelt werden sollte, dessen Tradition, Entwicklung und Systemstruktur – noch dazu, wenn das Auftreten von Überheblichkeit und Arroganz begleitet war.

Schwieriger, als vermeidbare Fehler aufzuzeigen, ist die Frage zu beantworten, durch wen und wie die in einer Sackgasse steckenden Beziehungen des „Westens" zu Nordkorea (und auch zum Iran) zu beleben sind: Wohl kaum durch die Europäische Union, die Vereinten Nationen oder gar die NATO, die könnten allenfalls eine bestimmte Politik flankieren oder befördern. Die USA haben die Beziehungen zu beiden „Atommächten" in diese gefährliche Systemverklemmung gebracht und nur die USA können sie auch daraus wieder lösen! Zunächst bedarf es einer Entspannung im Verhältnis der USA zu beiden Ländern, bevor multinationale Fortschritte erzielt werden können.
Schwerwiegende Folge eines anhaltenden Stillstandes wäre höchstwahrscheinlich, wie schon gesagt, die weitere Annäherung beider Länder an China und umgekehrt. Das politische und wirtschaftliche System Chinas ist, insbesondere für andere autoritäre Systeme, ungemein anziehend, die Außenpolitik dessen Führung klug und weitsichtig.

Wie sagte doch Staatschef Xi Jinping auf dem Parteikongress 2017 sinngemäß: Chinas politisches System ist eine große Schöpfung und eine Option für andere Länder und Nationen!"[27]

Diese Aussicht sollte den USA zu denken geben. Fragt sich nur, ob dessen Regierung gegenwärtig handlungsfähig ist, derart mit sich selbst beschäftigt, beschäftigt mit der Bewältigung der Coronakrise, der Stabilisierung der Wirtschaft, der Sicherung demokratischer Werte im eigenen Land und der Widerherstellung von Selbstvertrauen in die eigene Kraft? Schwer zu sagen. Hoffen wir ja, zumindest mittelfristig, auch deshalb, weil Präsident Biden mit seiner Regierung dafür die ideale Besetzung zu sein scheint. Biden hat sich über Jahrzehnte als kluger und hartnäckiger Verhandlungspartner gegenüber China bewährt und kennt Südostasien. Er ist zutiefst Demokrat und wird deshalb dauerhaft keine faulen Kompromisse zulasten der Menschenrechte eingehen. Er ist überdies Augenzeuge und Betroffener des Schadens, den sein Vorgänger für die USA und die Welt angerichtet hat, mit seiner Politik des „Amerika first", der Verletzung von Menschenrechten im eigenen Lande, der Lügen und haltlosen Versprechen, sowie der einseitigen Kündigung internationaler Abkommen und des Austritts aus internationalen Organisationen.

Es wäre vermessen seitens eines nur unzureichend informierten Beobachters, der Regierung der USA hinsichtlich deren künftiger Politik gegenüber Nordkorea Ratschläge erteilen zu wollen. Aber lassen wir doch abschließend jenen Beobachter seine, sicher einseitige und streitbare Meinung äußern:

· Die Verhandlungsführer sollten sich keinesfalls in der Person von Kim Jong-un täuschen: Dieser kleine, gern belächelte Mann mit dem Anspruch (und der Frisur) des Großvaters, ist klug, bedacht und beharrlich. Den bringt man nicht durch Drohungen, Erpressungen und Sanktionen von seiner Politik ab. Der ist nicht an einer

---

[27] Vgl. China - Im Höhenrausch, DER SPIEGEL, Nr. 4/23.1.2021

dauerhaften Entspannung oder an einer Öffnung seines Landes interessiert. Der gibt seine Macht nicht freiwillig ab, niemals. Im Gegenteil, der wird alles tun, um seinen absoluten Machtanspruch zu sichern.

· Niemand wird Nordkorea derzeit zum völligen Verzicht auf eigene Atomwaffen bewegen können. Dieser Zug ist abgefahren. Nordkorea ist eine Atommacht, de jure (durch Verankerung in der Verfassung) und de facto. Also sollte man das Land auch als eine solche nehmen.

· Dennoch, oder gerade deshalb, sollten in kürzest möglicher Zeit erneut und ernsthaft Verhandlungen mit Nordkorea angestrebt werden. Der Zeitpunkt dafür ist günstig: Das Land befindet sich in einer tiefen Wirtschaftskrise, das politische System ist geschwächt. Dessen Führung könnte sich kompromissbereit zeigen.

· Sanktionen sollten genau spezifiziert und vorrangig auf die Einhaltung des Verbots des Erwerbs und der Weiterverbreitung von Nuklearwaffen gerichtet sein, einschließlich des Testes derartiger Technologie und Technik. Sie sollten nicht gegen die Zivilbevölkerung gerichtet und sie immer mit dem Aufzeigen von Alternativen und lukrativen politischen und wirtschaftlichen Angeboten verbunden sein.

· Der Führung Nordkorea sollte ein Ausweg aus der wirtschaftlichen Krise des Landes und der Außenbeziehungen aufgezeigt werden, einer unter „Wahrung des Gesichts" und auf dem gegenseitigen Vorteil basierender. Der könnte in der Form eines neuen „Atomdeals" völkerrechtlich verbindlich fixiert werden.

· Die wichtigste Komponente der Verhandlungsstrategie sollte lauten: Wohlstand und Sicherheitsgarantien im Tausch gegen Rüstungsbeschränkung und -kontrolle, vorrangig im atomaren Bereich. Das würde bedeuten, großzügige Wirtschaftshilfe in ausgewählten Bereichen zu leisten, verbunden mit der Gewährung von langfristigen Krediten, die das Land aber nicht überfordern und in politische Abhängigkeiten bringen sollten. („Wandel durch Handel!")

· Der Beitritt Nordkoreas zur WTO und zu Freihandelsabkommen, wie zur ASEAN (Verband Südostasiatischer Nationen) und zur RCPE (Transpazifische Partnerschaft), sowie der Abschluss von bilateralen Investitionsschutzabkommen sollten deshalb gefördert, zumindest nicht blockiert werden, auch wenn das eigenen Ambitionen zu widersprechen scheint. Argument: Sowohl Südkorea, als auch Vietnam sind sowohl Mitglieder der ASEAN, als auch der RCPE. Beide Beispiele belegen den wirtschaftlichen und politischen Nutzen für die Beteiligten.

· Die Pflege privater Kontakte sollte gefördert, statt diffamiert und unter Spionageverdacht gestellt werden; für Reisen von Bürgern der USA und Nordkoreas ins jeweils andere Land sollten Rahmenbedingungen geschaffen werden. Die Tätigkeit von NGOs (Nichtregierungsorganisationen) sollte – nach Prüfung von deren Motivation und Zielen – unterstützt werden.[28]

Dagegen könnte man einwenden, dass derartige Maßnahmen die betreffenden politischen Systeme stabilisieren würden. Mag sein, zumindest mittelfristig. Aber es würde jenen Menschen dort im Lande helfen, die teilweise – zumindest in Nordkorea – immer noch in großer Armut leben. Und es würde den militärischen Konflikt entschärfen. Auf längere Sicht - auch das hat sich am Beispiel der DDR gezeigt - könnte dieser Weg zu einem Paradigmenwechsel führen.

Und was, wenn Nordkoreas Führung auch auf die wohlmeinendsten Angebote nicht eingehen, sich Verhandlungen verweigern würde, aus der Sorge heraus, durch Veränderungen ihre Macht zu gefährden? Dann

---

[28] Nach www.KFAUSA.org gibt es eine Gesellschaft, welche sich nach eigenen Aussagen die Freundschaft zwischen Nordkorea und den USA zum Ziel gesetzt haben will. „Die Korean Friendship Association USA (KFAUSA)", heißt es dort „als Teil der führenden Organisation von Freunden und Unterstützern der DVRK setzt sich intensiv für die Förderung des kulturellen Austauschs sowie der diplomatischen und wirtschaftlichen Zusammenarbeit zwischen der DVRK und den Vereinigten Staaten ein."

bleibt nur: weiter auf vertrauensbildende Maßnahmen setzen, dem Land Souveränität und staatliche Integrität garantieren, Geduld und Flexibilität zeigen, noch weiterreichende Kompromisse eingehen und klug mit den auf Dauer unwiderstehlichen „Verlockungen des westlichen Wohlstandes" das System und das Volk im positiven Sinne „korrumpieren". (Weitere Kompromisse ja, nicht aber Zugeständnisse im Bereich der Atomrüstung und der Menschenrechte!)

Es gibt keine Alternative zu Verhandlungen. Sie dienen allemal der Entspannung. Wer verhandelt, nimmt zunächst erst einmal die Hand vom roten Knopf. Und verhandeln wird das Regime über kurz oder lang wieder. Das bestätigt ein Blick auf die Vergangenheit. Dauerhafte Fortschritte allerdings sind eher unwahrscheinlich. Das Pendel schlägt regelmäßig wieder nach der anderen Seite aus. Und selbst wenn dauerhafte Zwischenergebnisse im Bereich Atompolitik und Menschenrechte erreicht werden können, zu einer Öffnung des Landes müssen die nicht zwangsläufig führen. Es muss ins Kalkül gezogen werden, dass aus Verhandlungserfolgen nicht a priori eine gravierende Wende in der Politik Nordkoreas resultieren würde. (Präsident Bidens kompetenteste Berater kamen, bezogen auf die Außenpolitik der letzten zwanzig Jahre gegenüber China, zu dem ernüchternden Schluss, „dass Diplomatie und Handel bisher nicht zu einer politischen und wirtschaftliche Öffnung geführt haben."[29])
Also bleibt es sehr fraglich, ob es der Regierung Biden selbst bei bestem Willen gelingen wird, in konstruktive Verhandlungen mit Nordkorea einzutreten?
Nun, wenigstens in einem Punkt kann der neue Präsident der USA vom desaströsen außenpolitischen Erbe seines Vorgängers partizipieren, im negativen, als auch im positiven.
Was er mit Sicherheit nicht tun wird - sich bei Kim Jong-un anzubiedern, wie es sein Vorgänger tat: Verkündete Präsident Trump doch in all seiner Spontanität, Naivität und Selbstgefälligkeit bei jenem Treffen mit Kim Jong-un in Hanoi: „Es ist mir eine Ehre hier zu sein."

---

[29] Vgl. China - Im Höhenrausch, DER SPIEGEL, Nr. 4/23.1.2021

Und entblödete sich nicht, anschließend auch noch hinzuzufügen: „Wir mochten uns von Anfang an." Wie peinlich, und letztlich, wie folgenlos! Im positiven wird sein Nachfolger registriert haben, dass, wer den ersten Schritt tut, dem Verhandlungspartner Respekt erweist, sich offen gibt und - hier liegt der feine Unterschied - auch seriös, realistisch und beharrlich auftritt, gute Chancen hat, mit dem Systemgegner ins Gespräch zu kommen, im Gespräch zu bleiben und letztlich Fortschritte zu erreichen.

Wie auch immer: Wenn die USA nicht bald den überfälligen Schritt in Richtung Nordkorea unternehmen, wird es Kim Jong-un sein, der erneut mit einem Paukenschlag auf sich aufmerksam macht: Mit einem weiteren, noch größeren Test von Atomwaffen und deren Trägersystemen!

Und damit zum Abschluss wieder ein wenig von der ursprünglichen Heiterkeit aufkommt, sollte das „Tagebuch einer skurrilen Reise" eigentlich auch skurril abgeschlossen werden: Nämlich mit dem Abdruck mindestens eines jener kämpferischen Plakate, die aus Anlass des 8. Kongresses der Arbeiterpartei Nordkoreas (DVRK) publiziert wurden.

Leider liegt zu einem derartigen Abdruck keine ausdrückliche Genehmigung seitens der zuständigen Organe der „Demokratischen Volksrepublik Korea" vor.
Immerhin, der Autor kann seine geneigten Leser, anstelle eines Abdrucks, explizit auf die entsprechende Web-Seite verweisen:

https://dprktoday.com/abroad/news/26565?lang=e, 2021-01-20.

Und er kann versprechen, dass sich der Zugriff lohnt.

Zeitfracht Medien GmbH
Ferdinand-Jühlke-Straße 7
99095 Erfurt, Deutschland
produktsicherheit@kolibri360.de